Flannery
O'Connor

慧血

[美] 弗兰纳里·奥康纳 著

刘全福 译

上海译文出版社

献给雷吉娜

《慧血》面世已届十载，如今依然充满活力。能力有限，我只能作如是评说，但即便如此，我已然感到不胜喜悦了。本书为作者倾情之作，读者也理应付之以同样的激情。作品具有喜剧色彩，讲述了一位青年"无心插柳"而成为基督徒的故事，也正因为这样，其主题又不失严肃性，因为所有值得称道的喜剧小说必然触及到生死问题。尽管本书作者对理论学说之类不甚了了，其立场观点却是明确无误的：基督信仰关乎生死之事，因此对于那些认为基督信仰无关紧要的读者而言，这种现象也就构成了理解上的障碍。对他们而言，黑泽尔·莫茨所表现出的真，就在于他想要尽力摆脱心中那个游走于丛林的衣衫褴褛的形象，以作者所见，黑泽尔的真，则在于他终究无法达到目的。那么，一个人的真究竟能否表现在难以企及的事情上呢？在我看来，这一点通常是可以做到的，因为自由意志所指不单单是一种意志，而是包含了诸多相互冲突的意志。我们不宜将自由想象得太过简单，因为自由有其神秘性，这种神秘性也正是小说或喜剧小说才能够深入其中的。

1962 年

Wise
Blood

第一章

　　黑泽尔·莫茨探着身子坐在绿绒座椅上。他一会儿望向窗外，想要纵身跃出似的，一会儿又收回目光，盯着车厢另一端的过道。列车飞速向前，不时从树梢间掠过。远处的林子边，一轮红日悬上中天，近处是翻耕过的田野，蜿蜒曲折，渐行渐远，几头猪在犁沟间拱食，看上去像极了布满斑点的石块儿。包厢里，坐在莫茨对面的沃莉·比·希契科克夫人开口说道，这样的黄昏，该是一天当中最为美妙的时刻了，她问莫茨是否也有同感。这女的身材肥硕，粉红色衣领，粉红色袖口，两条鸭梨似的大腿离开地面，斜刺里从座位上耷拉下来。

　　莫茨并未作答，只是扫她一眼，然后重又探着身子朝车厢另一端望去。女人也转过脸去，想要查看一下背后究竟是何光景，而目之所及，只看见一个孩子在包厢处东张西望，车厢尽头，服务员正动手打开储藏被单的壁橱。

"我猜您这是要回家吧？"她扭过头来重又搭讪道。她估摸对方充其量不过二十来岁光景，尽管他膝头搭了一顶乡村老牧师才会戴的黑色宽檐礼帽。再看那身西装，蓝莹莹的，衣袖上的标价签仍赫然钉在那里。

他仍是不理不睬，两眼直直的盯住车厢另一头。他脚边放着一只军用旅行袋，她由此断定对方刚刚服完兵役，这会儿正在回家途中。她想凑近一些，看看那身西装到底花去他多少钱，不经意的，目光却乜向他的眼睛，几乎要盯住不放了：那双眸子，核桃壳一样的颜色，陷在深深的眼窝里，头皮下的颅骨是那样轮廓分明，引人注目。

她有些心烦意乱，不情愿地收回目光，斜眼向标价签望去，发现西装只花去他十一块九毛八分钱。对方身份已然确定，她不觉有了底气，再次朝他脸上打量过去：鼻准弯弯，形如鸟喙，嘴巴两边竖起两道垂直的皱痕，厚重的帽子下，头发仿佛永久地贴上了前额。但最引人注意的还是那双眼睛，在她看来，那深陷的眸子就像是两条不知通往何处的隧道，于是她附身过去，紧紧盯住那双眼睛，身子已越过两个座位之间的一半距离。突然，他猛地扭头望向窗外，随后几乎以同样的速度转过脸来，再一次目不转睛的盯住刚才那个去处。

他盯住不放的是壁橱旁边的服务员。那男的身体壮硕，光秃秃的圆脑袋黄乎乎的，刚上车时，他就一直站在车厢连接处来着。当时黑泽尔停下脚步，那男的瞟了他一眼，随即移开目光，示意他该进哪节车厢，见他呆着没动，便极不耐烦的嚷道："左边走！左边走！"黑泽尔听罢只好向前走去。

"唉，"希契科克夫人道，"还是家里好啊！"

他瞥了她一眼，见她满头狐狸色毛发，扁平的脸上微微泛着红光。她是隔两站上的车，那以前他与她从未有过谋面。"我要见见那服务员。"说完他站起身来，朝车厢尽头走去，此时那男的已开始收拾床铺。他来到近前，停下脚步，身子倚在座位扶手上。但那男的并未瞟他，径自将包厢隔板拉开一些。

"收拾个床铺要多久？"

"七分钟。"服务员仍未正眼瞧他。

黑泽尔在扶手上坐了下来，说道："我是伊斯特罗人。"

"不在这条线上，"服务员应道，"你坐错车了。"

"我去城里，"黑泽尔说，"我是说我在伊斯特罗长大的。"

服务员没有吱声。

"伊斯特罗。"黑泽尔提高了嗓门。

服务员抖下窗帘，问道："站在那儿想干吗？要我收拾床铺吗？"

"伊斯特罗，"黑泽尔说，"离梅尔西不远。"

服务员用力将座位一侧拉平。"我是芝加哥人。"说着又使劲把另一侧拉下，弯腰的时候，脖子上隆起三道肌肉。

"没错，你一定是的。"黑泽尔说道，一边狠狠地斜他一眼。

"你脚放在走道上，会挡了别人的去路。"说完，那服务员猛地扭转身子，从他身边挤了过去。

黑泽尔站起身来，一时愣在原地，瞧那模样，活像是后背让绳子绑了，硬生生被人吊在火车天花板上。他望着服务员，只见他步子稳健，缓缓而行，穿过走道，消失在车厢尽头。这个名叫帕拉姆的黑佬就是伊斯特罗人，他知道的。他回到自己的包厢，无精打采地蜷起身子，一只脚搭上车窗下面的管子。一时间，他满脑子都是伊斯特罗，伊斯特罗的种种情景从心中肆意溢出，充斥了整辆列车，充满了夜色苍茫的空旷原野。他仿佛看到了那两幢楼房，看到了铁锈色的道路，看到了那几间黑人棚屋，看到了那座谷仓，看到了那个货摊，货摊一侧，红白两色的"三喜"牌鼻烟广告已然开始脱落。

"您这是回家吗?"希契科克夫人问道。

他死死地抓住帽檐，瞅了瞅她，心中颇为不悦。"不，不是。"他答道，尖锐高亢的声调里裹挟着浓重的田纳西鼻音。

希契科克夫人声言她也不是，并告诉他说，嫁人以前她叫韦特曼小姐来着，这会儿要去佛罗里达看望已婚女儿萨拉·露西尔，还说自己好像从来没有出过这样的远门，抽不出时间嘛。事情总是一桩接着一桩，时间似乎转眼就没了踪影，她简直无法说清，自己到底是青春年少，还是垂垂老矣。

他心里想到，假如她开口问他，自己便会让她知道，她真的已经垂垂老矣。过了一会儿，他不再听她唠叨。服务员又回到了走道上，竟然瞧都没瞧他一眼。这时，希契科克夫人也终于打住话头，转而问道："我想您这是去拜访什么人吧？"

"去托金汉。"他一边使劲让身子陷进座位，一边朝窗外望去。"我没什么熟人，可还是想在那儿干上一番，做点儿从来没有做过的事情。"说着，他嘴巴微微一撇，斜了她一眼。

她说她认识一位托金汉人，他叫艾伯特·斯帕克斯，还说那人是她小姑子的大舅子，还说……

"我可不是托金汉人，"他说，"我只是说要去那里，仅此而已。"

希契科克夫人刚要打开话匣子，便给他截住了话头："那服务员和我一处长大的，可他硬说是芝加哥人。"

希契科克夫人说，她认识一个男的，住在芝……

"你去哪儿也许都无所谓的，"他说，"可我只知道那一个地方。"

希契科克夫人说，果真是时光如梭，她都五年没看到妹妹的孩子了，真不知道见了他们还能否认得出来。妹妹给韦斯利家生了三个儿子：罗伊、巴伯和约翰。约翰六岁，还曾给他亲爱的"宝贝妈妈"写过一封信。他们都叫她"宝贝妈妈"，称她丈夫是"宝贝爸爸"……

"我想你觉着自己得到拯救了吧。"他说。

希契科克夫人猛地抓住了自己的衣领。

"我想你觉着自己得到救赎了吧。"他又重复道。

她满脸涨得通红。过了片刻，她说没错，生活本身就是一种神灵的启示，接着又说自己想吃些东西，问他是否愿意陪她去趟餐车。他戴上那顶黑色礼帽，随她一起走出了车厢。

餐车座位已满，不少人等在外面。半个小时过去了，他和希契科克夫人仍在排队，两人站在狭窄的走道里摇来晃去，隔上几分钟，还要将身子贴向一边，让一行乘客慢慢挤过。黑泽尔·莫茨两眼盯住墙壁，希契科克夫人则同身边的女人搭起讪来。她和那女人聊起了妹夫的事，说他供职于亚拉巴马的图拉福尔斯市自来水厂，女人也和她谈起自己一位身患喉癌的远亲。最后，他们总算排到了餐车门口，里面的情景已然历历在目。服务生一边招呼客人入座，一边将菜单递将过去。那是个白人男子，头发乌黑油腻，污秽的制服看上去也是油腻腻的。他动作敏捷，在餐桌间来回穿梭，那样子活脱脱就是一只乌鸦。他每次招手放进两位客人，队列便向前移动两步，接下来就要轮到黑泽尔、希契科克夫人和那位同她聊得火热的妇人了。不久又有两位客人离席，服务生招了招手，希契科克夫人和那位妇人走了进去，见黑泽尔跟在后面，那男的伸手挡住了去路："一次两人。"说着便一把将其推到门口。

黑泽尔满脸通红，好不尴尬。他想退到下一位身后，然后穿过队列，跑回自己的车厢。无奈人群如潮，众目睽睽之下，他只好呆在原地，任凭身边各色人等注目观望，这期间，竟没有一位食客走出餐车。终于，在餐车尽头，一位妇人站起身来，服务员向他挥了挥手，见此情状，黑泽尔一时踌躇起来。冷不防的，他又瞧见那只手猝然抖动一下，于是，他一路跌跌撞撞，来到两张餐桌之间，一只手竟然插进了别人的咖啡杯里。服务生示意他同三位花枝招展的年轻女人坐在一起。

三个女人将手放在餐桌上，一根根尖尖的指甲染得通红。他坐了下来，拿桌布擦了擦手，帽子仍戴在头上。女人已经吃完，此时正坐在那里吞云吐雾，见他坐下，三人便不再作声。他指了指餐单上的第一道菜。"写下来，小兄弟。"立在一旁的服务生一边说着，一边向其中一个女人挤眉弄眼，惹得她轻蔑地哼了一声。他写下菜名，服务生收起菜单离开了。他心情压抑，很是紧张，直直地望着对面女人的脖颈。时不时地，那女人夹着香烟的手指在自己脖颈处划过，然后离开他的视线，而后再次从脖颈处划过，放回到餐桌上。接着，他感到一股烟雾直扑面门，三四股烟雾飘过后，他瞄了她一眼，见她神情放肆，一双小眼睛直勾勾地盯着他，像极了一只好斗的母鸡。

"假如你这种人也能得到救赎，"他说，"我宁愿不要得到救赎。"说完他扭过脸去，面对车窗，上面映出他那苍白的面孔；窗子外面，一片空旷，黑暗透过玻璃袭进车厢；蓦地，一列火车呼啸而过，劈开了苍茫的夜空，伴随着对面一个女人放荡的笑声。

"你以为我信耶稣吗？"他俯过身去，好像喘不过气似的叫道，"告诉你吧，哪怕耶稣真的存在，哪怕他就在这趟火车上，我还是不信耶稣。"

"谁说你一定要信他来着？"她反问道，那东部口音着实令人厌恶。

他将身子撤了回来。

服务生端来晚餐，他开始吃了起来。起初是慢条斯理，发现三个女人正全神贯注地盯住他下巴上鼓起的肌肉，便加快了咀嚼速度。吞下鸡蛋拌猪肝，又喝完那杯咖啡，他把钱掏了出来，服务生看在眼里，却并不过来结账，每次从餐桌旁走过，他总是对三个女人秋波频频，而后横眉立目，朝黑泽尔瞪上一眼。希契科克夫人和那个女的早已用完餐离去，服务生才终于走过来和他结账，黑泽尔把钱推给他，随即从他身边挤过去，离开了餐车。

来到车厢连接处，他呆立了片刻，这儿空气还算不错，于是便点了根香烟。此时，服务员碰巧从身边路过，他随口和他打起了招呼："喂，帕拉姆。"

服务员并未停下脚步。

黑泽尔跟着他走进车厢，发现所有床铺都已经收拾完毕。在梅尔西车站，有人让了他一张卧铺票，不然的话，他就得在车座上熬上整个通宵了。那是个上铺，黑泽尔走了过去，放下行囊，钻进男厕，为熬过这一夜做些准备。他吃得太饱，想赶快爬到床上，躺在那里，他可以望着窗外，观赏身边掠过的乡村夜景。看到一块牌子上写着"进上铺请找服务员"，他先把行李袋塞进床位，然后转身去找那位服务员。来到车厢尽头，他没能找到他，于是又返身走向另一端，正要拐进车厢，突然在转角处撞上一堆粉红色的笨重东西，那东西气喘吁吁，嘟嘟囔囔道："谁这么毛手毛脚的!"竟是希契科克夫人，这会儿正裹着一件粉红色睡衣，脑袋四周环绕着一团团发卷。她睡眼惺忪，斜斜地打量着他，耷拉在脸上的发卷活像一枚枚色泽黯淡的毒蘑菇。她想从他身边挤过去，他也使出了吃奶的劲儿，想让她赶快通过，但让来让去，两人的气力总是使到了同一个方向，若不是那几处小小的白斑无法跟着升温，她早就涨得满脸乌紫了。于是她收紧身子，一动不动，悻悻然问道："你这人怎么回事?"他不再犹豫，迅速从她身边溜过，迅疾地冲过走道，迅猛地撞在服务员身上，服务员随即应声倒地。

"帕拉姆，你要帮我到上铺去。"他说。

服务员爬将起来，脚步蹒跚，朝车厢另一头走去。过了一阵，他板着面孔，搬着梯子，趔趔趄趄地返身回来。黑泽尔呆了一会儿，见梯子已然放好，便朝上面的床铺爬去，爬到一半，又回过头来说道："我记得的，你父亲是个黑佬，叫卡什·帕拉姆。你也回不去了，谁都回不去了，就算想回去也回不去了。"

"我是芝加哥人，"服务员一脸愠怒地答道，"我不姓帕拉姆。"

"卡什死了，"黑泽尔说，"他染上了猪瘟。"

服务员嘴角抽搐一下，说道："我父亲在铁路上做事。"

黑泽尔大笑起来。突然，服务员猛地扭动手臂，将梯子抽走，黑泽尔不得不抓住毯子，爬进了床铺。他趴在那里，动也不动，过了好几分钟，才翻过身子找到电灯开关，朝四周打量一番。没有车窗，全都是封闭的，只有帘子上方留有少许空间。床铺顶部很低，呈弧线形，于是他躺了下去，发现上方是弯曲的，看上去像是没有完全封闭，而是渐次闭合起来的。他一动不动，躺了一阵，嗓子眼仿佛堵了什么东西，像是带有鸡蛋味的海绵。他不想翻身，生怕那东西也会跟着动弹。他想把灯关掉，于是躺在那里，伸手摸到开关，啪的一声按下，刹那间黑暗降临在整个包厢，好在走道上的一丝灯光从床头的缝隙处透射进来，周遭的黑暗便稍稍退去一些。然而他希望的是彻底的黑暗，不想让些微光亮将黑暗冲淡。他听见服务员低沉而稳健的脚步从过道地毯上走过，听见他轻轻拂动一下绿色布帘，随后消失在车厢的另一端。过了一阵，他将要沉沉入睡时，又依稀听见脚步声折返回来，接着帘子晃动一下，脚步声渐渐消失。

恍惚中，他觉得自己像是躺进了棺材。他第一次见到的装殓死人的棺木是祖父的，当时就停放在屋子里，盖板被一根木材支起，那一夜老人就躺在棺材里。黑泽尔远远望去，心里想到：他可不要让他们把自己关了进去，果真被关到里面，他会将一只肘子伸进那个木材支起的缝隙。祖父是位巡回布道师，一个脾气暴躁的老人，他曾经驱车跑遍了三个县，心里装着耶稣，说起话来却刻薄得很，可下葬那天，他们把他的棺盖合上时，他竟然没有动弹一下。

黑泽尔有过两个弟弟，一个夭折在襁褓里，让人装进了一只小匣子。另一个七岁那年死在割草机下，他的棺材大概只有普通人的一半大小，棺盖刚一合上，黑泽尔便跑上前去将其打开。大人们说他当时太伤心了，不忍心和弟弟分别，其实他们都错了，他只是在想，假如躺在里面的是他自己，那又该当如何呢。

这会儿他终于睡去，睡梦中仿佛又回到父亲的葬礼上，看见他手臂和膝盖压在身子底下，拱起腰背趴在棺材里，就那样让人运到了墓地。睡梦中他听见老人说道："棺材只要还在上面，谁也甭想把我关住。"然而一运到墓穴，棺材便砰然一声跌落进去，于是父亲和所有人一样平躺在了那里。火车颠得厉害，他又一次陷入恍惚之中，心下想到，伊斯特罗当时该有二十五口人，其中三家姓莫茨的，可现在那里早就没有莫茨家的人了，至于别的人家，什么阿什菲尔德、布拉森盖姆斯、费斯、杰克森……一户也没有了，就连帕拉姆家的黑佬也不愿住下去了。他梦见自己拐上了那条大路，黑暗中，他隐约看见了那间门窗钉着木板的铺子，看见了那座倾斜的仓库，看见了那幢矮一些的楼房已让人拆掉一半，门廊和大厅的地板都已经不知去向。

十八岁他离开的时候，一切可不是这个样子，当时伊斯特罗还住着十口人，而他竟然没有注意到，从父辈开始，村子的规模就已经小了许多。十八岁那年，他应召入伍，离开了家乡。一开始，他曾想对着大腿开上一枪，免得被人拉去当了大兵。他原想和祖父一样当个牧师，牧师这样的行当，缺一条腿也该是能够将就的，对牧师而言，脖子、嘴巴和手臂才是力量。曾几何时，祖父驾着他那辆"福特"跑遍了三个郡县，每月的第四个礼拜六，他都会驱车来到伊斯特罗，仿佛要及时赶到救人于水火似的，而且每次不等车门打开，他便要高声嚷叫起来。他每次到来，人们总会把那辆"福特"围将起来，而他自己也真的乐得如此。每每于此，他便会爬上车盖，开始布道，有时他也会攀上车顶，向众人高声呐喊。"你们就像一块块顽石，"他大声喊道，"然而耶稣却为你而亡！耶稣如此渴求拯救灵魂，于是为你们而亡，以一人之死而使众生得救。其所愿者：宁为一人而历尽众生之死！这一切你们明白吗？你们这些顽石明白吗？耶稣宁愿死去千次，宁为一人而将其宝贵的身体一千万次钉在十字架上。"（当其时，老人常会指向孙子黑泽尔。孙子尤其令他不齿，因为他自己的相貌几乎准确无误地复制到了孩子脸上，对他而言这简直是莫大的讽刺。）"你们知道吗？"他接着道，"即使为了这个孩子，为了这个卑鄙、罪孽深重、没有头脑的孩子，为了这个站在那里用肮脏的双手在身体两侧抓来抓去的孩子，耶稣也情愿死上一千万次，而不会让他的灵魂迷失。他会一直追逐着他，踏着罪孽的海洋！耶稣能行走在罪孽的海洋上，你们不信吗？这孩子得到了救赎，从此以后，耶稣再不会离开他的灵魂，耶稣再不会让他忘记自己已然得到救赎。这罪人会想，他将会得到什么？他将会受益良多：耶稣终究会拯救他！"

孩子不消再听下去，内心深处，他早已默默立下邪恶的信念：避开耶稣，便是避开罪孽。十二岁他就明白，自己要做一个布道的牧师，再往后，他脑海中开始浮现出耶稣从一棵树跳上另一棵树的情景：一个粗野不堪、衣衫褴褛的形象挥手向他示意，要他掉头走入黑暗的去处，在那里，他根本无法站稳脚步，在那里，他浑然行走于茫茫的水面，而一旦他蓦然醒悟，却已是葬身水底。他只想待在伊斯特罗，在那里，他可以睁开双眼，手里忙着熟悉的活计，脚下踏着熟悉的道路，嘴上也不会无遮无拦。十八岁时，他应召入伍，当时就已经看透，战争不过是一场诱人的骗局。他早该在自己腿上射上一枪，只是他当时相信，不出数月，他便能重返家园，而且还可以保住名节。他深信自己拥有抵御邪恶的强大力量，就像他的长相一样，那可是祖父遗传给他的。他当时想，假如四个月后政府还和他没完没了，他无论如何要走人的。十八岁时，他原本以为充其量只给他们四个月时间，不料却一去整整四年，甚至不曾回家探过一次亲。

他从伊斯特罗带到部队来的只有一本黑色封面的

《圣经》，还有母亲那副银丝边眼镜。他曾经就读于一所乡村学校，在那里学会了读书写字，尽管读书写字没能让他变得聪明一些。《圣经》是他读过的唯一一本书，且不常打开，而每次翻阅，他总要戴上母亲的眼镜。那副眼镜常让他眼部感到疲劳，每次看不了多久，便不得不停下来。在部队上，每当有人约他参与罪孽勾当，他总要告诉对方，自己来自田纳西，是伊斯特罗人，以后还要回到那里，当一名福音布道师，无论现在，还是以后政府将他派往何处，都不能使他的灵魂受到玷污。

入伍几周后，他结交了几个朋友，虽然算不上真正的朋友，但总得和人家和平相处吧。后来，他们终于向他发出邀请，他也知道这一天迟早会到来的。他从口袋里掏出母亲那副眼镜戴上，然后告诉他们，就是给一百万他也不去，纵然从此过上衣食无忧的日子他也决不会跟他们去。他说自己来自田纳西，是伊斯特罗人，他还说，无论是现在，还是以后政府将他派往任何地方，都无法让自己的灵魂受到玷污……一直说到声嘶力竭，他再也讲不下去了，只是冷着面孔瞪着他们。朋友告诉他说，见鬼去吧，他那该死的灵魂，除了神父，谁会稀罕呢？他好不容易才找到话头，说是没有哪个受命于教皇的神父能够左右他的灵魂。他们告诉他，他压根儿就没有什么灵魂，说完便径直逛窑子去了。

他费了很长时间试图相信朋友的话，也乐于自己能够信以为真。他只求能够信以为真，然后将其一股脑抛在脑后。他也的确看到了这样的机会，可以让他将其彻底抛在脑后，而且不至于玷污自己的灵魂，这样一来，他再也不会受到任何邪恶的影响了。部队把他派往半个地球以外的地方，然后便将其忘得一干二净。直到他身受重伤，他们这才想起了他，帮他从胸口取出弹片，说是取了出来，可谁也没有拿弹片让他瞧上一眼，他觉得弹片还在那里，锈迹斑斑，正毒害着他的身体。事情过后，他们派他到了另一处不毛之地，并再次将他忘得一干二净。他花了足够的时间来研究灵魂的存在，并终于查明自己体内压根儿就没有什么灵魂。而事实一旦澄清，他这才明白这一切自己原本了然于心的。他这才明白，自己内心的苦楚由思乡而起，与耶稣无任何瓜葛。

军队终于同意放他离开时，他认为自己依然是一身清白，并为此感到颇为自得。他此时只想回到伊斯特罗，那本黑色封面的《圣经》，还有母亲那一副眼镜，仍完好地放在军用旅行袋下面，眼下他已不再读书，却仍保存着那本《圣经》，因为那是他从家乡带出来的。眼镜自然也还留着，留给自己老眼昏花的时候使用。

两天前，他们到了一座城市，部队终于放他离开。城市位于他现在的目的地以北，距离约三百英里。他即刻赶到火车站，购买一张去往梅尔西的车票，梅尔西是距离伊斯特罗最近的站点了。候车时间尚有四个小时，于是他走进了车站附近一家昏暗的服装店。店里弥漫着一股纸板箱的味道，越往前走，光线越发黯淡。他来到靠近里面的地方，经店员推荐，要了一套蓝色西装，外加一顶黑色礼帽。他把军装放进一个纸袋，塞进墙角一处垃圾箱里。突然置身于室外，那身崭新的西装在阳光下蓝得耀眼，礼帽上纹路笔挺，颇为不凡。

下午五点，他来到梅尔西，并搭上一辆运送棉籽的卡车，下得车来，距离伊斯特罗已不足一半行程。他凭着脚力，走完了剩下的路程，夜里九点，天刚放黑，终于到达目的地。夜幕下，那幢楼房大门洞开，看上去黑漆漆的，门廊前杂草丛生，周围的部分篱笆已经倒塌。整幢楼早就成了空壳，里面除去骨架已一无所有，只是他此时尚不清楚罢了。他卷起一只信封，划根火柴点着，挨个走进楼上楼下的空房间。一只信封燃尽，他点着了另一只，又在每间屋子走了一遍。这一晚他睡在厨房地板上，一块木板从屋顶掉落下来，划伤了他的脸。

整幢楼已空空如也，只剩下厨房间这只衣柜。他还记得，母亲总睡在厨房里，她的胡桃木衣柜也就摆在了这里。衣柜用去母亲三十块钱，那以后，她再也没有为自己添置过大的物件儿。不知谁掳走了家里所有别的东西，却唯独留下了这只衣柜。他挨个打开抽屉，只有最上面一个放着两根包扎带，别的全都空无一物。他不禁感到诧异：这么好的衣柜，竟没有让人偷走。他取出包扎带，将衣柜的四条腿全绑在木地板上，并在每个抽屉里留下一张纸条，上面写道：该衣柜为黑泽尔·莫茨所有，切勿盗走，否则决不放过。

睡意蒙眬中，他仍在念念不忘衣柜的事，而且认定，母亲假如知道衣柜已被他保护起来，九泉之下也该是高枕无忧了。假如母亲夜里什么时候过来查看的话，这一切她都会看得到的。他心里想：不知她夜里是否走出过坟墓，是否来过这里查看一番，假如她来过的话，她脸上一定还带着那种不安和渴望的神情，那种神情他曾经从她棺材缝里看到过的。他看见过那种神情，就在棺盖合上的一瞬，他从支起的缝隙里看到了那种神情。十六岁那年，他看见那团阴影扑上了她的面门，她的嘴角也随即耷拉下来，仿佛死去和活着一样让人感到不堪，仿佛她想要一跃而起，掀开棺盖飞身而出，然后活它个心满意足，可是，那棺盖临了还是让他们给合上了。或许她原本想要飞身而出的，或许她原本打算一跃而起的。睡梦中，他看到母亲模样可怕极了，看到她就像是一只巨大的蝙蝠，从棺盖闭合处直冲而出，看到她从棺材里飞身而起，可突然之间，黑暗骤然降临，笼罩了她的全身。

他躺在里面，看见即将闭合的棺盖正慢慢向他逼近，并最终将光线和整个房间阻隔在外面。他睁开双眼，看见即将闭合的棺盖，便一跃冲将过去，脑袋和双肩被牢牢地卡在缝隙里，他头晕目眩，吊在那里，慢慢的，火车昏暗的灯光照亮了下面的地毯。他吊在那里，吊在床铺帘子上方的缝隙里。他看见服务员正站在车厢的另一头，黑暗中，那白色的身影一动不动，就那么一动不动地站在那里注视着他。

"我不舒服，"他喊了起来，"我不要让这玩意儿关在里面。放我出去。"

服务员动也不动，站在那里注视着他。

"耶稣!"黑泽尔叫道，"噢，耶稣!"

服务员仍是一动不动，"耶稣走了，早就走了!"他应和道，声音煞是刺耳，却又不乏得意。

第二章

　　第二天晚上六点，他总算赶到了那座城市。是日一早，他在中途一处车站下了火车。原本想透口气来着，可正当他望着另一个方向时，火车竟不声不响地溜走了。他不顾一切，追了过去，结果帽子被风吹走，他只好掉过头来，朝帽子追去。所幸的是，他将军用旅行袋随身带下车来，防贼防盗嘛。他只得候上六个小时，最后总算等到了合适的车次。

　　抵达托金汉时，他一下火车，首先映入眼帘的是各种灯饰招牌，"花生""西部联盟""阿贾克斯""出租车""酒店""糖果"之类扑面而来，其中大都鲜艳夺目，不停地上下移动，闪烁着耀眼的光芒。他把军用旅行袋挂在脖子上，缓步向前走去，脑袋忽而扭向这边，忽而转向那边，瞧瞧这个招牌，又瞅瞅那个招牌。他走到车站尽头，然后再返身往回走去，像是要再次搭乘火车似的。他头戴厚礼帽，表情严肃而执着。看到他的人，谁也不会想到他竟是无家可归。候车室里人头攒动，他走了两三个来回，却并不想在长凳上坐下来，他要去的是一个私密的地方。

最后，在车站另一头，他推开一扇门，一个简陋的黑白招牌上醒目地写着"男厕——白人专用"几个字。他拐进一个狭窄的房间，里面一边排列着洗手池，另一边是一排木头便池间，四壁原本是亮黄色的，眼下却几乎成了绿色，上面满是如厕者留下的笔迹，以及林林总总的男女器官细节图。几个便池间还装着门，其中一扇门上可见"欢迎"两个大字，后面是三个惊叹号，另外还画着一个看上去颇像蛇的图案，都是用蜡笔涂上去的。黑泽尔推门走了进去。

他在狭窄的隔间里蹲了一会儿，一边探究门上及两侧隔板上的"题词"，他注意到左边厕纸上方涂有文字，大概是哪个醉鬼留下的：列奥拉·沃茨夫人！巴克利大街60号；全镇最舒适的床铺，等候兄弟光临。

寻思片刻，他从口袋里抽出铅笔，在一只信封背面记下了地址。

来到外面，他上了一辆黄色出租车，并告诉司机开往何处。司机身材不高，头戴一顶大皮帽子，嘴里叼了根雪茄。穿过几个街区，黑泽尔这才注意到司机正从后视镜中斜眼打量自己。"不是她的朋友吧？"他问。

"从没见过。"黑泽尔应道。

"哪儿打听到的？她可不接待牧师。"说话间，那根雪茄仍叼在嘴里，他竟能从嘴巴两边发出声来。

"我不是牧师，"黑泽尔皱眉说道，"我从公厕里看到她名字的。"

"可一看你就是牧师，"司机说，"那帽子就是牧师戴的。"

"不是的，"黑泽尔说着，俯身抓住了前座靠背，"就是普通的帽子。"

车子在一幢很小的平房前面停下，房子位于加油站和一片空地之间。黑泽尔下了出租车，把车费从车窗递了进去。

"还不光是帽子，"司机说，"你看着就像牧师来着。"

"给我听着，"黑泽尔一边说，一边拉下帽子遮住一只眼睛，"我不是牧师。"

"我晓得的，"司机说，"在这个上帝创造的绿色地球上，没有谁是完人，牧师不是，谁都不是。要能亲身体验一下罪恶的话，你就可以更好的告诉人家罪恶有多可怕。"

黑泽尔把脑袋伸进车窗，无意中竟把歪戴的帽子给撞正了，那副原本气得扭曲的面孔此时也已变得毫无表情。"给我听明白了，"他说，"我没有任何信仰。"

司机从嘴里取出剩下的雪茄。"啥都不信？"他张大嘴巴问道。

"我从来只说一遍。"黑泽尔说道。

司机闭了嘴，过了片刻，重又将雪茄塞进嘴里，说道："你们牧师就是有这种麻烦，现在可好了，啥都不信了！"他神情厌恶，大义凛然地开动车子离开了。

黑泽尔转过身去，望着自己即将步入的房子。说来也就是一处棚屋，但尽管如此，却有一丝暖暖的光线从前面的窗口泻出。他走到前廊，一只眼凑近百叶窗上的缝隙，不料目光所及竟是一条白亮亮的大腿。过了一阵，他离开窗子，伸手推了推门。门没有上锁，他走进一间昏暗狭小的厅房。厅房两侧各有一扇门，左边那扇并未关严，里面透出一束细细的亮光。他走上前去，透过门缝向里张望。

此时，沃茨夫人独自坐在一张白色铁床上，正用一把硕大的剪刀修剪趾甲。这女人身材硕大，头发黄得出奇，雪白的皮肤上涂着油乎乎的膏剂，身上那件粉红色睡袍，若是穿在瘦小一些的女人身上，显然要合身多了。

黑泽尔扭动门上的把手，弄出了一些响声。她抬头望去，看见他站在门缝后面。她凝神注视着他，许久才移开目光，又剪起了趾甲。

他走进屋去，傻愣愣地戳在那里，打量着屋里的摆设。房间里只有一张床，一张梳妆台和一把堆满了脏衣服的摇椅，此外再没有别的大件陈设。他走到梳妆台前，先是拨弄一下那只指甲锉，随后又摆弄起一只玻璃果冻杯，同时注视着墙上的挂镜，发黄的镜子里，面孔略变形的沃茨夫人正咧嘴朝他微笑。他的感官受到撩拨，几乎难以承受，于是迅速转身来到床边，远远地坐在铁床一角，长长地吸了口气，然后一只手小心翼翼地顺着床单摸索过去。

沃茨夫人伸出粉红色舌尖润了润下唇，尽管她并不作声，但见到他显然很是高兴，就像看到一位老主顾一样。

他抓起她的脚，很重，但很温暖。他把脚往一边挪了寸许，手一直没有松开。

沃茨夫人咧嘴大笑，露出又小又尖的牙齿，牙上绿斑莹莹，牙缝很宽。"你要找什么吗？"她伸手抓住黑泽尔的手臂问道，声音拖得很长很长。

倘使他胳膊没让她使劲抓着，他或许早就跳出窗子，逃之夭夭了。他身不由己，双唇一开一合，像要说出"是的，夫人"一类的字眼儿，但却没有发出声来。

"有啥心事吧？"沃茨夫人问，一边将他僵硬的身子拉近一些。

"听着，"他应道，尽力让声音保持平静，"我来这儿要和你做生意。"

沃茨夫人嘴巴张得更大，这种废话简直让她困惑。"那就请便吧。"她直截了当地说。

两人一动不动，大眼瞪着小眼。差不多一分钟过去了，他终于提高声音说道："我想让你知道，我不是什么该死的牧师。"

沃茨夫人脸上微微现出傻笑，目不转睛地盯住他。她将另一只手放在他面部下方，慈爱地挠了几下。"得了孩子，"她说，"牧师不牧师的，老娘才不管呢。"

第
三
章

　　来到托金汉的第二天晚上，黑泽尔·莫茨漫步于闹
市区商业街，但并没有走进任何一家店铺。漆黑的夜空
像被一道道像极了脚手架的银色条纹支撑着，天空深处
是成千上万颗星星，星星运行速度极为缓慢，仿佛是构
成整个宇宙秩序的宏大的建筑工程，直到地老天荒才能
完工似的。但这样的时刻，并没有谁去关注天上的事
情。每逢礼拜四，托金汉的商铺便要通宵营业，这样一
来，人们就可以多些时间去淘货。黑泽尔的影子忽前忽
后，忽而又被别的影子搅得破碎不堪。而一旦他的影子
独自拖在身后，便会显得格外瘦长，惴惴不安地向后退
去。黑泽尔总是伸长脖子，仿佛要使劲嗅出那些永远离
他而去的东西。在商店橱窗耀眼的灯光下，他那身蓝色

西装看上去成了紫色。

过了一会儿，他停在一家百货商店门前，这里，一个面孔瘦削的男人支起折叠桌，正摆弄着一台土豆削皮器。男人头戴小号帆布帽，衬衫上杂七杂八地印着雉鸡、鹌鹑、青铜火鸟之类的图案。大街上人声鼎沸，他只得放开嗓门，让每只耳朵都能听得一清二楚，清楚得就像和他们私下聊天似的。几个人围拢过来，只见折叠桌上放着两只桶，一只空着，另一只盛满了土豆，桶的中间是一堆摆成金字塔形状的绿色硬纸盒，纸盒最上端放着一台削皮器，用来向众人展示。男人站在这座"圣坛"前，朝周围各色人等指指划划。"觉得怎么样？"他问道，一边用手指着一个满脸粉刺、头发湿乎乎的男孩。"这玩意儿多好使，你不会错过吧？"说着将一只棕色土豆塞进那台机器一侧，机器是一方形铁盒，装着一柄红色把手，他旋动把手，土豆滚进盒子，瞬间便从另一侧滚了出来，已经削掉皮变成了白色。"这玩意儿多好使，你不会错过吧！"他重复道。

男孩听罢，一阵大笑，随后看了看身边围观的人群。他满头黄发，脸型上宽下窄，颇像狐狸。

"你叫什么来着？"卖削皮器的男人问道。

"伊诺克·埃默里。"男孩吸了吸鼻子答道。

"这么好听的名字，真该弄台这么好使的机器。"男人说道，一边转动眼珠，想要趁机煽起众人的热情，然而除男孩之外，他的话并没有引起任何反应，随后，黑泽尔·莫茨对面的一个男人倒是跟着男孩大笑起来，但那尖利的笑声并不怎么好听，反倒有些刺耳。这男的个子很高，脸色惨白，身着黑色西服，头戴黑色礼帽，鼻梁上架着一副墨镜，面颊皱纹堆叠，仿佛褪了色的水彩，看上去活像一只龇牙咧嘴的大猩猩。笑声刚过，他已从从容容走上前来，一只手晃着个铁杯，另一只手拄一根白色拐杖，边走边轻轻敲击脚下的地面。此时，他身后走出一个散发传单的女孩儿，女孩儿身穿黑色连衣裙，头戴黑色针织帽，帽子拉得很低，遮住了前额，前额两侧翘起两缕棕色碎发，长方脸，短鼻梁，尖鼻子。见这对老少吸引了众人的目光，而自己倒被晾在一旁，卖削皮器的男人心下颇为不爽。"觉着怎么样？说你呢！"他指着黑泽尔叫道，"这么划算的买卖，哪儿都找不着的。"

黑泽尔一直注视着那个瞎子和女孩儿。"喂，"伊诺克叫道，一边从一个女人头顶伸过手去，一边在黑泽尔手臂上猛击一掌。"他说你呐！他说你呐！"情非得已，伊诺克只好再次猛击黑泽尔一掌，他才转过头去看那个卖削皮器的男人。

"干吗不弄一台给你亲爱的老婆?"卖削皮器的男人道。

"我没老婆。"黑泽尔一边嘟囔，一边又回头看那瞎子。

"嗯哼……，那总该有亲爱的老娘吧?"

"我没老娘。"

"那好吧，哼!"男人遂将手拢在嘴边向众人喊道，"可他总该弄一台拿回家给自己做伴儿吧!"

伊诺克·埃默里心想这也太滑稽了，他笑弯了腰，乐得直拍膝盖，黑泽尔·莫茨倒像充耳不闻似的。"先买先得，谁先买就送谁半打去皮土豆，"男人道，"谁先来? 只要一块五，到哪家店里，你都要花三块钱的!"伊诺克·埃默里开始在口袋里摸索起来。"今天在这里驻足一观，以后你会感激不尽的，"男人说，"你真的会终生难忘。谁得了这样的机器，谁就会终生难忘!"

那瞎子慢慢向前移动，一边自言自语道:"帮帮我这个盲眼牧师吧。要是不想忏悔，就给我五分钱吧，我不会乱花半个子儿的。帮帮我这个没事可做的牧师吧。你们难道宁愿我乞讨而不是去布道吗？要是不想忏悔，就赏我五分钱吧。"

　　看热闹的本来就不是很多，那些围上来的也已经开始散去。见此情景，卖削皮器的男人俯过身去，隔着折叠桌对他怒目而视。"嗨，说你呢！"他朝瞎子嚷道，"你搞什么名堂？把我的人全都赶走了，你算个老几？"瞎子置若罔闻，仍不停地摇晃手里的杯子，那女孩儿也自顾自地发着传单。他从伊诺克·埃默里身边走过，径直朝黑泽尔走来，白色拐杖轻轻敲击地面，从身子一侧向前探去。黑泽尔俯身过去，看到瞎子脸上那些皱纹并不是水彩，而是真真切切的一道道伤疤。

　　"你到底搞什么名堂？"卖削皮器的男人嚷道，"这些人是我聚起来的，你凭什么过来搅局？"

　　女孩儿将一份传单递给黑泽尔，黑泽尔一把抓在手里，只见封皮上写着："耶稣召唤你。"

　　"我倒要看看你究竟是何方神仙！"卖削皮器的男人仍在叫个不停。女孩儿转身走到男人身边，也递过去一份传单。他撇嘴看了片刻，而后快步绕过折叠桌，不料竟撞翻了土豆桶。"这些该死的耶稣狂。"他一面嚷叫，

36

一面瞪起眼睛环顾四周，想要找出那个瞎子。又有人围过来凑热闹。"这些该死的共产外国佬！"他尖声叫道，"这群人是我聚起来的！"他突然意识到又有人聚拢过来，叫声便戛然而止。

"各位请了，"他说，"一个一个来，不要挤，机器有的是，先买先得，先买的送半打去皮土豆。"他镇定地走到折叠桌后面，举起一个个削皮器盒子，高声叫道："到前面来，机器有的是，不用挤。"

黑泽尔并没有翻看那份传单，而只是瞧了瞧封皮，便一把将其撕为两半，然后又把两半叠在一起，再将其撕成两半。就这样叠了撕、撕了叠的，手里最后只剩下一小把碎纸屑，于是翻起手掌，将撕成碎片的传单撒满一地。他抬起头来，看到离他不到三尺远的地方，那女孩正直直地盯着他。她张着嘴巴，目光炯炯，两只眼睛仿佛两片绿玻璃似的紧紧的盯着他。她一只肩上搭着一只白色麻布袋。黑泽尔皱起眉头，在裤子上擦了擦黏乎乎的双手。

"我看见你了，"女孩说完，便飞也似的跑到折叠桌旁，站在瞎子身边，然后扭过头来盯着黑泽尔。此时，周围看热闹的大都已经散去。

卖削皮器的男人从折叠桌上俯身过去，招呼瞎子道："我算看明白了，你就是来搅局的!"

"你瞧瞧，"伊诺克·埃默里道，"就剩一块一毛六了，可我……"

"嘿，"男人道，"我估摸你该不会揩我的油吧。统共才卖了八台削皮器，卖了……"

"我要一台。"那女孩指着削皮器道。

"嗯。"男人答道。

她解开一块手帕，从打着结的一角取出两枚五毛的硬币。"给我一台。"说着将钱递了过去。

男人打量一下，撇着嘴道："要一块五哦，小妹妹。"

她急忙将手抽回，随即白了黑泽尔·莫茨一眼，仿佛他对自己嚷了什么似的。瞎子朝前走去，她仍待在那里瞪着黑泽尔，过了一会儿，才转身随瞎子去了。黑泽尔不禁心中一凛。

"我说，"伊诺克·埃默里道，"就一块一毛六了，我想要一台……"

"省省吧，"男人说着从折叠桌上取下桶来，"这儿可不是什么折扣店。"

黑泽尔看到，在前面不远处，瞎子正沿街走去。他待在那儿，注视着瞎子的背影，两只手忽而插进口袋，忽而又猛地掏出，一时间既想要跟上去，又想要退回来。突然，他把两块钱塞给卖削皮器的男人，从折叠桌上抓起一只盒子，沿着街道朝前跑去。转眼工夫，伊诺克·埃默里也追了上来，气喘吁吁道："唉哟，你发大财了吧。"

　　黑泽尔看到，女孩儿已追上瞎子，挽着他的手臂。距离两人约莫一个街区，他稍稍放慢了脚步，这才发现身边的伊诺克·埃默里。伊诺克身着一套微微发黄的白色西装，青豆色领带，白色的衬衣泛着浅红。他正朝他微笑，看上去仿佛一只生了疥疮的好脾气猎犬。"来这儿多久了？"他问。

　　"两天。"黑泽尔嘟哝道。

　　"我来两个月了，"伊诺克道，"在城里做事儿。你哪儿上班？"

　　"还没上班。"黑泽尔道。

　　"那可不好，"伊诺克道，"我在城里做事儿。"他朝前跳了一步，和黑泽尔并肩而行，说道："我十八了，来这儿才两个月，已经在城里做事儿了。"

"你很不错，"黑泽尔道。他把靠近伊诺克一侧的帽檐又往下拉了拉，随即加快了脚步。这一刻，走在前面的瞎子竟装模作样地向左右两边作起揖来。

"还不晓得你大名呢。"伊诺克道。

黑泽尔报了自己的名号。

"你好像跟定了那两个乡巴佬，"伊诺克道，"你挺喜欢耶稣这档子事吧？"

"不喜欢。"黑泽尔说。

"我一样，也不怎么喜欢，"伊诺克赞同道，"我在那个罗德米尔童子圣经学校待过四个礼拜，是那女人从我爹那里把我给弄去的。她是儿童福利会的。我主耶稣！整整四个礼拜，天天神呀圣的，我当时想自己非要疯掉不可。"

黑泽尔朝街区尽头走去，伊诺克紧紧跟在他身边，一面气喘吁吁，一面喋喋不休。黑泽尔正要穿过大街，只听伊诺克嚷道："没瞅见那灯亮了吗！那灯亮了，你就得等上一等！"一个警察吹起口哨，一辆轿车鸣着喇叭突然停了下来。黑泽尔不予理睬，径直穿过马路，目不转睛地盯着瞎子，瞎子此时已经到了街区中部。警察还在不依不饶地吹着哨子，他穿过大街，来到黑泽尔身边，拦住他的去路。他面孔瘦削，长了一双椭圆的黄眼睛。

"那小玩意儿挂在那儿，你晓得有什么用吗?"他指着十字路口上方的交通灯问道。

"没看见。"黑泽尔说。

警察默默地注视着他。几个行人停了下来，他朝他们翻翻眼珠，说道："你或许这样想的吧：红灯为白人开路，绿灯为黑佬开路。"

"没错，是这样的，"黑泽尔答道，"把你的手拿开。"

警察从他身上抽回手来，放在胯上，退后一步道："这些灯的事儿，告诉你所有的朋友吧：红灯停，绿灯行。无论男的女的，白人黑人，都要遵守同样的信号规则。讲给你所有的朋友听吧，以后他们进到城来，也就知道了。"众人皆大笑起来。

"我来照应他吧，"伊诺克·埃默里挤到警察身边说道，"他刚来两天，我来照应他好了。"

"你来这儿多久了?"警察问。

"我生在这儿长在这儿的，"伊诺克说，"我家乡就在这儿。我替你照应他吧。嗨，等一等!"他冲黑泽尔嚷道，"等等我。"他挤出人群，追了上去。"我想我这次可是救了你的。"他说。

"多谢了。"黑泽尔说。

"小事一桩，"伊诺克说，"我们干吗不去沃尔格林要杯苏打水？天还早，夜总会应该还没开门。"

"我不爱去杂货店，"黑泽尔说，"再见。"

"没关系，"伊诺克说，"我想还是再陪你走走吧。"他瞅瞅前面的瞎子和女孩，说道："都这时候了，我可不想和什么乡巴佬搅合在一块儿，而且他们和耶稣还有一腿。我早受够了，那个搞福利会的女人，把我从老爸身边弄走，她啥都不会做，就会做祷告。我和老爸跟着一家锯木厂干活，有年夏天，厂子搬到了布恩维尔郊外，那女的就来了。"他扯住黑泽尔的上衣说道，"托金汉最不让我待见的就是街上人太多了。"他掏心掏肺地说，"他们一心想把你撞趴下来着。哦，对了，还是说说那个女人吧。我估摸她是看上了我，我当时十二岁，会唱几首赞美诗，唱得还不错呢，是从一个黑佬那儿学来的，所以她就慢慢喜欢上了我，把我从老爸身边弄走，带到布恩维尔和她住在一起。她有幢砖瓦房，可一天到晚就知道耶稣长耶稣短的。"一个裹着褪色工作装的小个子男人撞了他一下。"干吗不瞧着点儿路?"伊诺克吼道。

小个子男人停下脚步,凶巴巴地举起手臂,一脸让人讨厌的恶狗相。"跟谁讲话呢?"他咆哮道。

"你瞧瞧,"伊诺克猛跳几步赶上黑泽尔说道,"他们就想把你撞翻在地。这地儿太没人情味了,我以前从没见过的,和那女人在一起也不是这个样子的。我和她住了两个月,"他接着道,"后来入秋了,她就送我去了罗德米尔童子圣经学校,但我想那也算是种解脱吧。那女的很难待候,还不算老,约莫四十来岁吧,可就是长得丑死了。鼻梁上挂着那种棕色眼镜片儿,头发稀拉拉的,活像火腿汁儿从脑壳上淌下来似的。所以我说去那学校多少也算是解脱了。我逃过一次来着,可又给她弄了回去,我后来才知道,她手头有些整我的文件,要是我不和她住在一块儿,她会送我去教养院的。所以我乐得她送我去圣经学校。你在那种学校待过吗?"

黑泽尔对他的提问似乎充耳不闻。

"唉,解脱不解脱也就算了,"伊诺克道,"耶稣我主!解脱不解脱的,还是不要说了吧。过了四个礼拜,我从她那儿逃掉了,可还是给她弄了回去,真该死,不让她弄回去才怪呢。可我到底还是逃了出来。"等了好一阵，他才问道，"想听听咱是咋个逃出来的吗？"

过了一会儿他才说道："我把那女人都吓出尿来了，就这么回事。我想啊想啊，想得都祷告起来，我说：'耶稣啊，快给我指个道儿吧，教我摆脱苦海，不要杀死那个女人，不要给她送进教养院。可该死的，他就是不睬我。有天早上，天一亮我就爬了起来，光着屁股就溜进她的房间，一把扯掉她身上的被单，弄得她害了心脏病。然后我就回到了老爸身边，打那以后连她的皮毛都没再见过。"

"你下巴在动哩，"他望着黑泽尔一侧的面孔说道，"你从来都不笑的，我瞧你这人真不像是有钱的主儿。"

黑泽尔拐进一条小巷，见瞎子和女孩已行至前面一个街区的转角处。"早晚会赶上他们的，"伊诺克说，"你在这儿有不少熟人吗？"

"没有。"黑泽尔应道。

"你压根儿都不会有什么熟人的。这地方难得交个朋友，我来这儿都两个月了，可一个熟人也没有，他们就想撞你个狗啃屎。我猜你有大把的钱吧，"伊诺克说，"可我连个子儿都没有。要是有的话，我可是晓得怎花的。"瞎子和女孩在街角处停下脚步，然后转向大街的另一侧。"快追上了，"他说，"我敢保证，外面没准儿会在什么唱诗会上见到他们的。"

在他们前面，瞎子和女孩正向下一个街区走去。那里有幢圆顶大楼，楼的四周、大街对面及周边所有的街道全都停满了车子。"莫不是放电影吧。"伊诺克说。瞎子和女孩上了台阶，朝楼里走去，台阶横在整幢建筑门前，台阶两侧，各有一尊石狮子立在底座上。"莫不是做礼拜吧。"伊诺克又道。黑泽尔在台阶旁停了下来，好像在竭力酝酿出某种表情似的。他使劲把礼帽往前拉了拉，朝蹲在石狮一角的两人走去。他一言不语，来到瞎子近前，俯身站在那里，目光仿佛要穿透那副墨镜。女孩瞪大眼睛瞧着他。

瞎子微微抿了抿嘴，说道："我闻见了，你气息里有股罪恶的味道。"

黑泽尔直起身子。

"干吗跟着我？"

"我没有跟你。"黑泽尔道。

"她说你一直在跟着我。"瞎子拿拇指朝女孩那边晃了晃。

"我没有跟你。"黑泽尔说。他想起手里装着削皮器的盒子，瞟了一眼女孩，瞧见那顶黑色编织帽在她额头上留下一条直直的印痕。女孩咧了咧嘴，又突然收敛笑容，好像嗅到了什么难闻的气味。"谁跟你了?"他说，"我跟的是她。"说着伸手就要把削皮器塞给她。

一开始，她像要一把抓过来似的，但并没有伸出手去。"我不要，"她说，"我要那东西干啥? 快拿开，又不是我的，我不要!"

"快接着，"瞎子道，"放进袋子里，不想挨揍就闭上嘴。"

黑泽尔再次把削皮器递了过去。

"我不会要的。"她嘟囔道。

"听话，给我拿着，"瞎子说，"他是冲你来的。"

她只好接了过来，塞进袋子，说道："又不是我的东西，收了也不是我的。"

"我跟来就想告诉她，谁稀罕她朝我挤眉弄眼来着。"黑泽尔说着，看了看瞎子。

"你这什么话?"她嚷道，"我多咱挤眉弄眼了? 我只是看你把传单撕了，全撕成了碎片儿，"她一边说，一边推了推瞎子的肩膀，"全都撕了，然后盐巴一样撒了一地，还在裤子上擦了擦手呢。"

"他跟的是我，"瞎子道，"谁会跟你呢？我听得出，他话音里充满了对耶稣的渴望。"

"耶稣，"黑泽尔咕哝道，"主耶稣！"他挨着女孩坐下，一只手放在她身边的台阶上。她脚穿运动鞋，黑色棉布袜子。

"听见他满口胡言乱语了吗？"她低声道，"他跟的决不是你来着，爸爸。"

瞎子发出尖利的笑声，对黑泽尔道："听着孩子，你避不开耶稣的，耶稣可是真真切切的事实。"

"耶稣嘛，这事儿我知道的可多了，"伊诺克接过了话头，"我念过罗德米尔童子圣经学校，有个女人送我去的那儿。想打听耶稣的事儿，问我好了。"他这会儿正盘着双腿，斜身坐在狮子背上。

"我去过很远的地方，"黑泽尔说，"这之前或许会相信点儿什么，可我已经走过半个地球了。"

"我也一样。"伊诺克应道。

"果真走过那么远的路，你这会儿就不会再跟着我了。"瞎子说着，突然伸出双手，放在黑泽尔脸上。黑泽尔一动不动，一声不吭，过了一会儿，才将瞎子那双手一把推开。"得了，"他轻声道，"你根本不了解我。"

"我老爸看上去简直就是耶稣，"仍旧坐在狮子背上的伊诺克说道，"披散着头发，下巴上有道疤痕，就这一点儿不怎么像。咱打小就不晓得老妈是谁。"

"你身上让一位牧师留下了印痕，"瞎子窃笑道，"这会儿跟我来这里，是想让我帮你去掉，还是要我再添上一个？"

"听着，只有耶稣才能解除你的痛苦。"女孩突然说道，一边轻轻拍了拍黑泽尔的肩膀。黑泽尔仍坐在那儿，黑色礼帽歪斜下来，几乎遮盖了整个面孔。"听我说，"女孩儿提高嗓门道，"有这样一对男女，谋害了一个婴儿，婴儿是女人亲生的，因为长得难看，母亲从来也没有爱过她。但耶稣佑护着孩子，而那个女人，除了美貌，除了和她罪恶地生活在一起的那个男人，就什么也没有了。她抛弃了孩子，孩子又回到家里，她再次抛弃了孩子，孩子再次找到了她，就这样，她每次把孩子送走，孩子都会回到她和那个男人身边。再后来，那对男女用一只丝袜勒死了孩子，把孩子的尸首吊在烟囱里。可就是这样，孩子也不让他们得到片刻安宁。那女的无论看到什么，眼里都是自己的孩子，耶稣把孩子变得漂漂亮亮，时时刻刻缠上了那个女人。每当夜半时分，她和那个男的睡在一起，她都会看到那个漂亮的孩子透过砖块闪闪发光，在烟囱里注视着自己。"

"我的天哪。"黑泽尔喃喃自语道。

"她长得好看罢了，别的啥都没有，"她大着嗓门急促地说道，"事情还没有完呢，先生。"

"你听，楼上有脚步声了，"瞎子说，"快准备好传单，他们就要出来了。"

"事情还没有完呢。"她重复道。

"我们要干啥?"伊诺克问，"楼上在做什么?"

"节目完了，"瞎子应道，"他们都是我的会众。"

女孩打开麻袋，掏出两摞用绳子扎得紧紧的传单递了过去。"你和那家伙到对面去，"瞎子对女孩说，"我和一直跟着我的这位就守在这里。"

"他碰都不会碰的，"她说，"他就知道撕呀撕的，别的啥也不会干。"

"照我说的做。"瞎子道。

她皱着眉头站了一会儿，然后对伊诺克·埃默里说："想来就来吧。"伊诺克跳下狮子，随她去了台阶的另一边。

黑泽尔溜到下面一级台阶，瞎子迅速伸出手去，使劲扣住了他的手臂。"忏悔吧！"他声音急促地说道，"到楼梯口去忏悔吧，斩断你的恶缘，把传单分发给众人！"说着便将一摞传单塞进黑泽尔手里。

　　黑泽尔痉挛似的抽回手臂，不料竟把瞎子拉到了近前。"听着，"他说，"我不需要忏悔，我和你一样干净得很。"

　　"通奸，亵渎神灵，还要我说别的吗？"瞎子道。

　　"这些都是些没用的鬼话了，"黑泽尔道，"果真有罪，不用犯下任何罪孽，我早就是个罪人了。我现在不是好好的。"他试图掰开对方的手指，瞎子反而抓得更紧。"我不相信罪孽，"黑泽尔说，"快松手。"

　　"耶稣爱你，"瞎子以讥讽的口吻断然道，"耶稣爱你，耶稣爱你……"

　　"问题的关键是，耶稣根本就不存在，"黑泽尔一边说，一边挣脱了手臂。

　　"到楼梯口去，把这些传单分发出去，然后……"

　　"我会带过去的，不过我要丢进灌木丛里去！"黑泽尔叫道，"等着瞧吧，只可惜你什么也看不见。"

　　"我比你看见的多了去了！"瞎子一阵大笑，嚷叫道，"视而不见，充耳不闻，你眼睛、耳朵都白长了，可迟早你会看见听见的。"

"等着瞧吧，只可惜你什么也看不见！"黑泽尔说完，便跑上了台阶。礼堂门口，一拨人走了出来，其中几位已经来到台阶中央。他挥开双臂，像是生了凌厉的翅膀，奋力从人群中间挤了过去。刚到台阶顶部，又有一拨人从礼堂里涌了出来，几乎把他挤回到原处。他再次奋力挤了过去，忽听有人喊道："这个白痴，给他让个路吧！"众人闪在一旁，他趁机冲向台阶顶部，用力挤到一边，气喘吁吁地瞪眼站在那里。

"我压根儿就没跟着他，"他大声说："鬼才会跟着这种瞎眼傻瓜呢，我的老天爷！"他提着那摞传单，背靠大楼站在那里。身边一个胖子停下脚步，点了支烟，黑泽尔推推他的肩膀，说道："你瞧那边，看见那个瞎子了吗？他可是借着散发传单讨钱的，我的老天爷！你真该瞧瞧他，他带着那个丑丫头，也让她穿着妇人的衣服散发传单。我的老天爷！"

"这世道哪会少了疯子。"胖子说完便走开了。

"我的老天爷。"黑泽尔说着，俯身凑近一位蓝头发，领子上镶着红色木珠子的老太太。"你还是走另一边的好，夫人，"他说，"这下面有个傻子在散发传单。"
老太太这会儿身不由己，被后面的人流拥着向前挤去，
但尽管如此，她还是用那双明亮的、跳蚤似的小眼睛瞄
了瞄黑泽尔。他钻进人群朝她挤了过去，却发现她已经
离开太远，便只好重新回到原来的地方，高声喊道：
"亲爱的耶稣基督，十字架上受苦受难的耶稣基督！你
们这些人，听我说点儿什么吧。也许你们因为没有信奉
耶稣就以为自己不清白，那好，我来告诉你们吧，其实
你们是清白的，个个都是清白的。我来告诉你们吧，假
如你们以为这都是因为钉在十字架上的耶稣基督，那就
大错而特错了。我不是说他没有被钉上十字架，我想说
的是，他被钉上十字架并不是为了你们。告诉你们吧，
我本人就是牧师，我布道的目的就是为了传播真理。"
拥挤的人群迅速向前移动，仿佛是一堆纠缠不清的线
团，散开的线头随即消失在黑暗的街头。"这世上什么
才是存在的，什么压根儿就不存在，难道我不晓得吗？"
他继续大声喊叫，"难道我不晓得我头上生着眼睛？我
是个瞎子吗？你们听好了，"他吼叫道，"我要宣扬一种
新的教派，这个教派信奉的不是十字架上的耶稣基督，
而是真理。你们不用花一分钱，就能加入这个教派。这

个教派尚未成立，但即将成形。"叫喊声中，落在后面的若干人等朝他瞥了几眼。大街上，人行道上，到处都是零零落落的传单。瞎子蹲在最下面一级台阶上，台阶另一端，伊诺克·埃默里立在狮子头上，正竭力让身体保持平衡，女孩站在不远处，愣愣地望着黑泽尔。"我不需要耶稣，"黑泽尔说，"我要耶稣做什么呢？我已经有了列奥拉·沃茨。"

他静静地拾级而下，走到瞎子身边停下脚步，过了片刻，就听见瞎子哈哈大笑起来。他随即走开，刚刚穿过大街，身后那刺耳的笑声遂又破空而来。他转过身去，看见瞎子正站在街道中央大声叫嚷："霍克斯，霍克斯，记住，我名叫阿萨·霍克斯，没准儿哪天你还要跟着我的！"一辆轿车猛地拐向一边，才没有将其撞飞。"忏悔吧！"他边叫边笑，朝前冲了几步，像是想要追上去将黑泽尔一把抓住似的。

黑泽尔使劲缩了缩脑袋，正要快步朝前走去，不料身后传来了一阵脚步声。

"既然把他们甩了，"伊诺克·埃默里气喘吁吁地说，"干吗不找个地方乐上一乐？"

"给我听着，"黑泽尔粗暴地说，"我有事要做，也受够你了。"说着便加快了脚步。

伊诺克一路快步如飞，免得被黑泽尔落下。"我都来这儿两个月了，"他说，"可一个熟人也没有，这儿谁都不是善茬儿。我有间屋子，就我一个住，没有人来过。我老爸让我非要来这儿不可，不是他逼我，我死也不会来的。我老觉着以前在哪儿见过你似的，你不是从斯托克威尔来的吧？"

"不是。"

"梅尔西？"

"不是。"

"以前锯木厂就建在那儿，"伊诺克说，"看你有些面熟。"

两人不再说话，又一次来到大街，此时街上已是空无一人。"再见。"黑泽尔说。

"我也走这条道。"伊诺克闷闷不乐地说。街道左边是家影院，那里正在更换霓虹广告。"要不是给两个乡巴佬缠住，本来可以看场电影的，"他埋怨道，一边甩开大步跟在黑泽尔身边，一边嘟嘟囔囔发牢骚个没完。时不时的，他会扯上黑泽尔的衣袖，想让他放慢脚步，却总是给对方猛地甩开。"是老爸让我来的。"他哽着嗓子说道。黑泽尔瞥了一眼，见他竟然哭了，紫红的面孔皱巴巴的，眼里满是泪水。"我才十八岁，"他哭诉道，"非要逼我来这儿不可，我谁也不认识，这儿的人谁都不乐意搭理谁，一个比一个不是善茬儿。自己跟个女人跑了，非要我来这儿，可那女的根本待不下，屁股还没在椅子上坐热，就会被他打跑。我来这儿两个月了，你头一个让我觉着眼熟，以前我准是在哪儿见过你，我知道我以前在哪儿见过你。"

伊诺克哭哭啼啼，唠叨个没完，黑泽尔只是沉着面孔，直视前方。两人路过一座教堂，走过一家旅馆，经过一处古玩铺子，然后拐进了沃茨夫人所在的那条大街。

"想要女人的话，你也犯不着跟着那个丑丫头，还给她买什么削皮器来着，"伊诺克说，"我听说这附近有间屋子，我们可以进去给自己找点儿乐子，欠下的钱我下礼拜还你。"

"听着，"黑泽尔说，"我有地方去，离这儿就隔着两户人家。我有女人。我有女人，懂了吗？我这就去找她，用不着跟你去。"

"欠下的钱我下礼拜还你，"伊诺克说，"我在城市动物园做事儿，看大门的，每个礼拜他们都付钱给我。"

"走开。"黑泽尔说。

"这儿的人都不好交往，你不是本地人，怎么也像他们那样不讲情面。"

黑泽尔没搭理他，继续朝前走去。他脖子仍旧缩在肩胛骨里，很怕冷的样子。

"你这儿也没熟人，"伊诺克说，"没有女人，没有事做，一开始见到你，我就知道你除了耶稣啥都没有，我知道的，我看得很清楚。"

"我到地方了，"黑泽尔说着，头也不回地拐进了巷子。

伊诺克停下脚步，呜咽着说："哦，那好吧。"说着用袖子擦了擦鼻涕。"要去就去，随你便吧，可你瞧瞧这儿。"他拍了拍口袋，跑上前去抓住黑泽尔的袖子，哗啦哗啦晃了晃削皮器包装盒子。"这个她给我了，是她送给我的，你没辙了吧。她给我说了他们住处，还要我带你一块儿去看他们，听清楚哟，不是你带我去，是我带你去，可一开始是你先跟着他们的。"他满眼泪水，盈盈闪烁，面孔扭曲，露出邪恶的奸笑。"瞧你有模有样的，觉着自己的血液比别人的更有智慧，"他说，"才不是呢！我这人才配拥有智慧的血液，不是你，是我！"

黑泽尔一言未发，一时间呆立在台阶中央，看上去很是渺小。过了一阵，他突然举起手臂，将一直提在手里的那摞传单甩了出去。传单正中伊诺克胸口，砸得他咧开了大嘴。他张着嘴巴，站在那里，盯着胸前被击中的位置，然后转过身去，沿着大街绝尘而去。黑泽尔推门走进屋内。

昨天夜里，该是他有生以来头一遭和女人同床共枕，所以那种事情做得并不如何顺风顺水。完事儿之后，他瘫在女人身上，活像一根冲到岸边的海草，而她则在他耳边吐尽了淫词浪语，引得他整整一天心神不宁。他想过再去找她，可又感到心中惴惴，实不知打开房门的瞬间，她见了自己会说些什么。

他推开屋门，她一眼看见了他，随即便欣然叫道："哈哈！"

那顶黑色礼帽依然周正地戴在头上，走进来时，帽子撞上了吊在天花板中央的灯泡，于是便将其摘了下来。沃茨夫人躺在床上，脸上敷了厚厚一层油脂，一只手托着下巴，一边打量着他。他开始在屋子里晃来晃去，瞅瞅这里，瞧瞧那里，嗓子焦渴难耐，整个身子被心脏紧紧揪住，仿佛一只猴子牢牢抓住了铁笼的栅栏。终于，他坐到床沿上，手里握着那顶黑色礼帽。

沃茨夫人绽开了笑容，一如镰刀那弯弯的利刃。显而易见，这一切她早已经习以为常，不必再为此多做思量。她目光宛如流沙，能一股脑吸进任何东西。"瞧你那顶帽子，戴上去活脱脱一副耶稣模样！"说着她坐直身子，把压在下面的睡袍一把扯掉，然后抓起那顶帽子戴在头上，双手置于臀部，坐在那里滑稽地转动着眼珠。黑泽尔呆呆地望着她，不禁发出三声短促而响亮的笑声，随后一跃而起，拉下电灯开关，在黑暗中褪去了衣服。

小的时候，父亲有一次带他去梅尔西，参加那里举行的嘉年华。当时有个帐篷，位置虽然偏僻，收费比哪儿都贵。帐篷外面，一个干瘦的男人扯着喇叭似的嗓子在高声招徕顾客，但并不告诉众人里面有何稀奇，只说那可真能爽死个人，想要进去一观，须得花上三毛五分钱，又说此乃独门绝技，一次入场只限十五人。父亲打发他进了两只猴子表演跳舞的帐篷，自己却悄没声地偷偷朝那个帐篷摸去，黑泽尔见状，便抛下猴子悄悄跟在后面。由于凑不够三毛五分钱，他只得向那位揽客的男人打听，里面到底是什么稀罕玩意儿。

"滚一边去，"那人说，"反正不是流行歌曲，也不是猴子跳舞。"

"我看过猴子跳舞了。"他说。

"那就好，"男人说，"滚一边去吧。"

"我有一毛五，"他说，"干吗不放我进去？我就看一半好了。"他心里想，该不是什么见不得人的事儿吧，比如几个爷儿们偷偷做下的那种勾当。随后转念又想，或许不过是男女之间的勾当罢了，可他为什么就是不放我进去呢。"我有一毛五。"他说。

"早过一半了，"男人一边说，一边用草帽给自己扇凉，"还是走吧。"

"那正好值一毛五。"黑泽尔说。

"快滚蛋吧。"男人说。

"是黑佬吗？"黑泽尔问，"他们在糟蹋一个黑佬吗？"

男人从台子后面侧过身来，干瘪的面孔上现出愤怒的神情。"谁告诉你来着？"他问。

"我不晓得。"黑泽尔答道。

"你几岁了？"男人问。

"十二了。"黑泽尔道，其实他才十岁。

"一毛五给我，"男人说，"进去吧。"

他把钱丢到台子上，忙不迭地钻进了帐篷。好在表演尚未结束，他匆匆穿过帐篷门帘，发现里面还套着另一个帐篷，于是掀开门帘走了进去。首先映入眼帘的是清一色的男人脊背，他爬上一只凳子，从那些脑袋上方朝前望去，发现他们全都低头看向一处凹下去的地方，那儿摆放了一口衬了黑布的棺材，里面躺着一个轻轻蠕动的白乎乎的东西。刚开始，他估摸着是一只剥了皮的动物，但很快便看清原来是个女人。那女的身材臃肿，脸和普通女人没什么两样，只是嘴角上多了颗痣，咧嘴笑时，那颗痣便颤动起来，此外，在她身体的一侧，还生有另一颗痣。

"要是棺材里都弄了这么个玩意儿，"坐在前面的父亲道，"保准好多家伙巴不得早些玩儿完哩。"

用不着看上一眼，黑泽尔就听出了谁在说话。他从凳子上溜了下来，连滚带爬冲出里面的帐篷。他不想再让揽客的男人看见自己，就从外面的帐篷底下钻了出来，然后爬上一辆卡车，在车厢一角坐了下来。车厢外面，嘉年华的喧声震天，闹得正欢。

回到家里，进了院子，他看见母亲正站在澡盆旁边盯着自己。母亲向来一身皂衣，裙子比别的女人都长。她直挺挺地站在那里瞅着他，他于是走到一棵树后，避开了她的视线，但很快就感到那目光穿过树干仍在盯着自己。他眼前又浮现出那个凹陷的去处，那口棺材，棺材里躺着个瘦削的女人，女人身材太长，头颅从一头伸到了外面，膝盖被抬高一些，整个身子才算放了进去；她面孔方正，头发齐整地贴在头上。黑泽尔紧靠树干，站在那里等待着，母亲离开澡盆，手提一根棍子朝他走来。"看见啥了？"她问。

"看见啥了？"她追问道。

"看见啥了？"她用同样的语气继续问道。棍子朝他的双腿打去，他就那样站在原地，身体仿佛融进了树干。"耶稣为你赎罪而死。"她说。

"我又没求他来着。"他嘟囔道。

她没再动手打他，只是紧闭双唇，站在那里注视着他，他则由于内心难以名状且无处安放的愧疚感而将帐篷里的罪恶抛到了脑后。过了一会儿，她丢下棍子，仍是紧闭双唇，走回澡盆旁边。

次日，他将一双鞋子悄悄带进树林，除了冬天和布道会上，这双鞋他从来不会穿的。他把鞋子从鞋盒里取出，塞满岩石碎块，然后穿到脚上，系紧鞋带，在林子里走了约莫一英里，一直来到一条小溪边。他坐了下来，脱掉鞋子，把脚插进潮湿的沙子缓解一下疼痛，一边想到：这下耶稣总该满意了吧。然而耶稣却毫无反应，他真希望此时天上能掉下一块石头，这样的话，他也可将其视为某种神迹的象征。过了一阵，他把脚从沙子里抽出来晾干，然后再次穿上塞满石子的鞋子，往回走了半英里，这才又将鞋子脱了下来。

第
四
章

　　次日一早，房间里尚未透进一丝光线，他便钻出了沃茨夫人的被窝。醒来的时候，她一只胳膊正横在他身上，他曲着身子，抬起那只手臂，轻轻放到她身边，但并没有瞧她一眼。此时他心里只想着一件事：该去买辆车了。刚一睁眼，这念头便在头脑里酝酿成熟，这以外，他就再也不去想别的事情了。之前他从未想过买车，甚至不曾希望自己能有辆车。有生以来，他只开过几次车，而且压根儿就没有拿到过驾照。眼下手头上只有五十块钱，但他知道买辆车应该绰绰有余了。他偷偷溜下铁床，悄悄穿好衣服，没去弄醒沃茨夫人。刚到六点半，他已经早早来到商业区，开始寻找二手车卖场了。

二手车卖场分散在那些位于商业区和铁路调车场之间的老旧街区里。尽管尚未开门，他早已查看过好几家店铺，从卖场外面向里张望，他可以看清里面是否有售价五十元的旧车。等到店铺开始营业，他立即走进去查看一番，毫不理睬竭力向他推销存货的销售人员。那顶黑色礼帽端端正正地戴在头上，脸上的神情显得很是脆弱，仿佛曾经破碎而重新拼凑起来似的，又像极了一杆枪，没人知道里面已经顶上了子弹。

这一天空气潮湿，天空仿佛擦得铮亮的银片儿，银片儿的一角，镶嵌着一枚灰暗阴郁的太阳。到了十点，他已经仔细查看了所有像样的卖场，此时正朝着铁路调车场方向走去。在这一带，尽管卖场里摆满了各种车辆，但售价都在五十块以上。最后，他来到一家位于两座废弃仓库之间的店铺，店铺大门上方的招牌上写着"斯莱德新款车行"。

沿着一条碎石小路穿过车铺中央，他来到一处门上刷有"办公室"字样的铁皮棚屋，店铺别的地方全都停满了旧车和破机器。一个白人男孩儿坐在办公室前面的汽油桶上，看他的样子，好像要把所有人都挡在外面似的。他身穿一件黑色雨衣，面孔被皮帽子遮去一半，嘴角叼着一支香烟,上面的烟灰约莫有一寸来长。

黑泽尔看到铺子后面有辆车子格外显眼,便抬腿走了过去。"喂!"男孩大声嚷道,"你不能随便进去,想看什么得由我来带路。"黑泽尔没有理他,继续朝那辆车走去。男孩骂骂咧咧,气咻咻地跟了上来。那辆车停在最后一排,鼠灰色的,车身很高,车轮大而轻薄,车灯向外突出。走到近前,他看到一扇车门上系着绳子,后面的车窗呈椭圆形状。车子还算不错,正合自己的心意。

"带我见斯莱德。"他说。

"见他干吗?"男孩气恼地问。他嘴巴很阔,说话时只需牵动一下嘴角即可。

"谈谈买车的事。"黑泽尔道。

"我就是斯莱德。"男孩说完,一面骂骂咧咧,一面在小路对面一辆车子的脚踏板上坐了下来。

黑泽尔绕着车子走了一圈,然后透过车窗朝里望去。里面是土绿色的,后面的座位已不见踪影,座架上横了一块长条木板,后侧两个车窗上挂着暗绿色流苏窗帘。透过前面两个车窗,他看到男孩仍坐在那辆车的脚踏板上,将一条裤管向上拉起,一边使劲抓挠从黄色袜筒里露出的脚踝，一边扯着嗓子骂个不停，仿佛想要吐痰却吐不出似的。隔了两层车窗玻璃，他看上去黄乎乎的，好像整个人都走了样。黑泽尔急步从车子一侧绕到车前问道："多少钱？"

"十字架上的耶稣啊，"男孩说，"被人钉住的耶稣啊。"

"多少钱？"黑泽尔大声吼道，脸色有些惨白。

"你看值多少钱？"男孩道，"估个价吧。"

"从这儿运走的钱都不值，我还不一定要呢。"

男孩一门心思地挠着脚踝，那上面生满了疥癣。黑泽尔抬起头来，忽然看见一个男的从男孩那侧两辆车子中间走了出来。待稍近一些，黑泽尔发现来人和男孩长相一模一样，只是比男孩高出许多，头上戴的是一顶汗迹斑斑的棕色毡帽。他从男孩身后一排车子中间走了过来，到了男孩身后，他停下脚步，稍稍等了片刻，忍着怒气吼道："你那猴屁股，给我从脚踏板上挪开！"

男孩惊叫一声，慌忙从两辆车子中间溜走，瞬间不见了踪影。

男人站在那里瞅着黑泽尔，然后问道："想要什么？"

"这辆车子。"黑泽尔答道。

"七十五块。"男人说。

车铺两侧各有两幢旧楼,楼房泛着红色,墙上的窗户看上去空洞洞的一片漆黑,两幢建筑物后面,还矗立着另一幢没有窗户的大楼。"多谢了。"黑泽尔说完,转身朝办公室走去。

到了大门口,他回头瞥了一眼,看见那人跟了上来,离他约莫四英尺远。"不妨谈个价嘛。"他说。

黑泽尔随他返回那辆车的旁边。"这样的车子,可不是每天都能碰到的。"男人说着,抬起屁股坐在儿子刚刚坐过的脚踏板上。男孩并没有走远,这会儿正瑟瑟地缩成一团,蹲在两辆车开外的一个引擎盖上。

"轮胎都还是新的。"男人说。

"刚出厂时的确是新的。"黑泽尔应道。

"几年前造的,那批车可是顶呱呱的,"男人说,"后来他们就再也造不出这么好的车了。"

"多少钱?"黑泽尔问。

男人移开目光,心中一阵盘算,然后说道:"六十五,给你了。"

黑泽尔靠在车上,卷起了烟卷,可卷来卷去一根也没有卷成，烟丝纸片儿撒了一地。

"那好吧，你想出什么价？"男人道，"艾塞克斯我不会当作克莱斯勒卖的，不过造这车的可不是一群黑佬。"

"眼下黑佬都跑到底特律去了，他们靠组装汽车过活，"男人找着话头说，"有一次回家，我在那里待过一阵子，亲眼看到的。"

"我只出三十块。"黑泽尔说。

"他们那儿雇了个黑佬，"男人说，"皮肤很浅，和你我差不多。"他摘下帽子，用手指在皮圈上擦了一圈。他头发少得可怜，胡萝卜色的。

"一块儿开出去溜溜吧，"男人道，"要不你查看查看下盘？"

"不用了。"黑泽尔说。

男人瞥他一眼，急忙收回目光。"走的时候把钱付了。"他漫不经心地说，"这样的好车，你打着灯笼也找不着，出这个价，换了别人会感恩戴德的。"隔着两辆车，男孩又骂开了，那骂声像极了一阵剧烈的干咳。黑泽尔突然转过身去，照着前胎踢了下去。

"咱没说过嘛，胎还新着，不会爆的。"男人说。

"多少钱?"黑泽尔问。

"五十总可以了吧。"男人报了价。

买下之前,男人往车里加些汽油,带着黑泽尔跑了好几个街区,以证明车子还能照开无误。男孩弓起身子,蹲在后座的长条木板上,嘴里又不干不净地骂将起来。"老这么骂个没完,准是出了毛病,"男人道,"别听他瞎胡咧咧。"车子开得震天价响,男人随即猛踏刹车,以示该装置工作状态完美无缺,不料却将男孩从长条木板上甩了下去,结结实实地撞上前面两人的头部。"去死吧,"男人吼道,"屁股坐稳了,别再跳来跳去的好不好。"男孩不再吭声,一撞之下,连骂的气力都没有了。黑泽尔回头望去,见他蹲在那里,缩做一团,紧紧裹在黑色雨衣里,黑色皮帽几乎遮住了双眼,和刚才不同的是,那烟蒂上长长的烟灰早已撞得不见了踪影。

他花四十元买下了车子,然后又多付一些,要了五加仑汽油。男人打发男孩去办公室拎来一桶五加仑汽油,男孩一路骂骂咧咧,拖来一只黄色油桶,腰弯得简直像个虾米。"给我吧,"黑泽尔说,"我自己来。"他迫不及待,想尽快驾车离开这里。不料男孩猛地将油桶从他身边拖开，并站直了身子。里面只剩下半桶油，他只得将其举到油箱上面，五加仑汽油才慢慢流了出来。这当儿，他嘴里一直在嘟囔个不停："亲爱的耶稣，亲爱的耶稣，亲爱的耶稣。"

"他干吗不闭上嘴？"黑泽尔突然说，"干吗嘟囔个没完？"

"谁晓得他什么毛病。"男人一边应答，一边耸了耸肩。

一切准备停当，男人和孩子站到一旁，看着他把车子开走。好多年没开过车了，他真的不想这么让人瞧着。车子发动时，男人和孩子谁也不言语，只是站在那里瞅着他。

"这车主要当房子用，"他对男人说，"我没处住。"

"刹车还没松呢。"男人说。

他松开刹车，车子随即向后冲去，因为男人刚才将刹车装置放在了倒车位上。他随即将其调为前行挡，歪歪斜斜地向前开去。车子从男人和男孩身边驶过，两人仍目不转睛地站在那里观望。他汗流浃背，全神贯注，一直朝前开去，好不容易才没让车子偏离正道。过了调车场，行驶约半英里，车子来到了几座仓库。他想放慢车速，结果却彻底熄火，便只好重新启动车子。他驶过一段长长的街区，看到沿街的建筑一片灰暗破败，接下来几个街区，楼房变成了黄色，境况也好了许多。这时，天上下起了小雨，他打开雨刷，雨刷咔嗒作响，声音很大，仿佛两个傻瓜在教堂里不住地鼓掌。又过了几个街区，那里一幢幢房屋一片亮白，仿佛一张纸上丑陋的狗脸，坐落在一块块方方正正的草坪上。最后，他开过一座高架桥，驶上了公路。

车子开始加大油门。

公路两侧稀稀拉拉散落着加油站、停车场和一些喧闹的去处。行了一段时间，路的两旁突然出现一处处绵延的红色深谷，深谷对面是大片大片的原野，那里一个挨一个地竖立着666号公路的里程牌。细雨从天空渗进周遭的景物，随即又渗入整个车厢。突然，一群猪从路边沟里探出脑袋，他只好来了个急刹车，等到最后一头猪扭臀摆尾地消失在公路另一侧的暗沟里，他才又重新发动车子，继续上路。他有种感觉：眼前的一切，分明是从某个事件中脱落下来的一个碎片，这事件曾经发生，尽管他已然忘记。

一辆黑色小货车从前方岔道上驶上公路，车子尾部捆着张铁床和一副桌椅，床和桌椅上边，还放着一只鸡笼。货车隆隆作响，蜗牛似的缓缓行驶在道路中央。黑泽尔使劲擂起了喇叭按钮，连着击打三下，这才意识到喇叭成了哑巴。鸡笼里塞得满满当当，面对着他的那些芦花鸡浑身湿淋淋的，一个个将脑袋伸到笼子外面。货车仍是不紧不慢，无奈之际，他也只好放慢速度。路的两侧，湿漉漉的田野绵绵不断，一直蔓延到一片矮矮的松树林。

公路转了个弯，接着是下坡的山路。路的一侧出现一道高高的路堤，堤上长满了松树，路堤对面，一块灰色巨石从溪谷的崖壁上突兀而起，巨石上写着一行白色大字：亵渎神灵，好淫好色，天罚之，地灭之！小货车开得更慢了，仿佛在细细品读巨石上的标语。黑泽尔徒然地连续撞击着喇叭按键，可就是发不出一点儿声音。载着那些死气沉沉的芦花鸡，小货车一路颠簸，又翻过了一个山脊。黑泽尔停下车子，转过头去，看见标语下方还写着四个小一号的文字：耶稣救之。

他愣愣地坐在那里，望着标语，对车后的喇叭声充耳不闻。一辆加长的油罐车在后面停了下来，片刻工夫，一张通红的四方面孔出现在车窗旁边。来人先是瞅了瞅黑泽尔的后脖梗和那顶黑色礼帽，然后伸手按住了他的肩膀。"你车子干吗停在路中央？"油罐车司机问道。

黑泽尔将脆弱而平静的面孔转向那人说道："把手拿开，我在看标语。"

司机不动声色，并未将手拿开，好像没听清楚似的。

"哪有生就好淫好色的，再说就是这样，也没什么不得了的，"黑泽尔道，"那并不是什么罪孽，也没有亵渎神灵，出生之前人就有了罪孽。"

油罐车司机仍是刚才那副表情。

"耶稣是专门拿来骗黑佬的。"黑泽尔说。

油罐车司机双手紧紧抓住车窗，仿佛要把车子整个举过头顶似的。"这该死的臭车，从路中间弄走行不行？"他说。

"我什么都不信奉，也没有必要躲着什么。"黑泽尔说。约莫一分钟，他和司机相向而对，直愣愣地盯着对方。黑泽尔目光渐渐茫然起来，脑海里突然生出一个新的计划，于是问那人道："动物园在哪个方向？"

"要掉头走，"司机应道，"你从那儿逃出来的吧?"

"我去找个男孩，他在那里做事。"黑泽尔说完，便发动车子开走了。司机仍呆在原地，兀自面对刷在巨石上的那段文字。

第
五
章

　　这天早上，伊诺克·埃默里一觉醒来，便已经料到，自己能够向他展示秘密的那个人即将到来。这是体内的血液告诉他的，和老爸一样，他血管里也流淌着高贵的智慧之血。

　　接班的门卫姗姗来迟，直到下午两点才到达动物园。"你可是迟了一刻钟。"他气恼地说，"本来到了点儿我就可以抬腿走人的，但我没走，还是留了下来。"他身穿绿色制服，领口和袖子镶着黄色滚边，两条裤腿上各绣了一道黄色条纹。接班的男孩身着同样的制服，石板一样粗糙的面孔朝外翻着，嘴里还叼了根牙签。旁边的大门由铁栏杆制成，支撑铁门的混凝土拱柱看上去仿佛两棵大树，弯曲的"树枝"形成了大门拱顶，上面写着几个弯弯曲曲的大字：城市森林公园。接班的门卫靠在一根门柱上，用牙签在齿缝里戳来戳去。

"天天都是这样，"伊诺克抱怨道，"我每天都要站在这里等你，白白浪费掉一刻钟时间。"

每天下班后，他都要去趟公园，而每次到了公园，他都要去做同样的事情：先是去游泳池，虽然怕水，但只要池子里有女人，他总喜欢蹲在边上注目观看。每逢礼拜一，有个女的总要过来游泳，女人泳衣臀部两侧各裂开一道缝隙，起初他以为她不知道，便不敢公然在池子边上观看，而是猫腰爬进灌木丛里，一边暗自窃笑，一边偷偷窥视。水里只有她一个人，到了下午四点，池子里才会热闹起来，所以这会儿没有人告诉她泳衣开裂的事。她先在水里扑腾扑腾游上一阵，然后躺在泳池边上睡上约莫一个小时，从未疑心有人会在灌木丛里偷窥。有一天，他待的时间稍微晚了些，竟发现另外三个女的也都穿了臀部开裂的泳衣。池子里挤满了人，而大家对此全都视而不见似的。这座城市本来就是如此，总会有什么事情让他感到惊奇。有心情时，他也会逛逛窑子，而每当目睹公开场合居然也会有如此放荡行径，总是会感到震惊不已。出于礼貌，他才爬进了灌木丛，常常的，这些女人会将泳衣吊带从肩膀上拉下，就那么四仰八叉地躺在池子边上。

公园是城市的心脏。凭着血液中涌动的意识，他来到了这个城市，然后在其心脏部位安顿下来。他一直都在观察这颗心脏，天天如此。他为之感到惊愕，心生畏惧，不知所措，每每念及于此，脊背上总是大汗淋漓。在公园的中央，他探到了某种秘密，尽管这一秘密就藏在那只玻璃柜里，看上去一目了然，而且上面还有一张打印的卡片，对其内容详加说明，但总像有些什么东西那张卡片是没有解释清楚的，而这一切只有他本人心知肚明。这秘密无从言喻，而一旦意会就会令人心生惧意，这秘密就像一根粗大的神经在他体内滋生蔓延，尽管他不能告知任何人，却又不得不向某人吐露真情，虽然自己也道不出原因，但他心里明白，那个人一定要非同一般，而且一定不能是城里人。他知道，只要一见到他，他就能认得出来，他也清楚，必须要尽快见到他，否则体内那根神经就会愈发膨胀，那时他被逼无奈，就只能盗窃汽车，抢劫银行，或是躲进一条黑暗的巷子里，随时将一个女人扑倒在地。整整一个早上，他体内的血液一直在不停地告诉自己，这个人今天即将到来。

他离开接班的门卫，沿着一条偏僻的小路朝游泳池走去，小路从女淋浴房尽头通向一小片空地，从这里望过去，整个游泳池可以尽收眼底。池子里空无一人，池水一片深绿，水波不兴，这时，他看见一个女的带了两个男孩正从另一边朝淋浴房走去。女的差不多隔天一趟，而且总是带着两个孩子，每次也总和孩子一起下水，先是游上一阵，然后爬到池边，躺在那里晒晒太阳。她穿了件有些污秽的白色泳衣，泳衣很是肥大，套在身上活像一只麻袋。有好几次，伊诺克一瞧见她就觉得颇为开心。他从空地处爬上一段斜坡，眼前出现了一丛丛忍冬，他随即爬进树丛下的一条通道，来到一处稍显空旷的地方，然后调整好姿势，坐直了身子。坐稳以后，他撩开几棵忍冬，想看清楚前面的情形。每一次躲进树丛，他总是满脸涨得通红，倘若碰巧有人拨开树枝，准会以为自己遇到了魔鬼，或没准儿会一头栽下斜坡，滚进游泳池里。此时，那女的带着两个男孩走进了淋浴房。

　　每次进得园来，伊诺克从来不会立即走向那个黑暗的隐秘角落，那可是他午后活动的重头戏，为提升其效果，他必须先做些别的事情作为铺垫。离开灌木丛，他会溜达到一处号称"霜瓶"的热狗摊子，摊子看上去颇似橙汁瓶，顶端用蓝色涂了一圈寒霜，在这里，他会一边品尝巧克力麦芽奶昔，一边向那位女服务员暧昧地调侃几句，他自以为人家早就偷偷地爱上了自己。吃完奶昔，他才会走过去看看各种动物，动物被关在一排铁笼里，其情形像极了电影中的恶魔岛监狱。笼子里冬天有电器供暖，夏季有空调降温，另外还请了六位雇工专门照看动物，动物吃的是带骨牛排，一天到晚无所事事，悠闲度日。伊诺克每天都要过来瞧上一眼，而每次总是心中充满了敬畏和憎恨。这一切过后，他才会走向那个隐秘的角落。

两个小男孩跑出淋浴房，一头扎进池水，与此同时，池子的另一端，车道上传来扎扎响声。伊诺克从灌木丛探出头来，见一辆鼠灰色轿车正从池边呼啸而过，声音之大，仿佛后面拖了台发动机。尽管已驶出很远，他仍能听到车子转弯时震耳欲聋的轰鸣，他侧耳细听，想分辨出车子是否会停下来。马达声慢慢减弱，随后又逐渐增强，继而车子再次从车道上驶过。这一次，伊诺克看到车里只有一人，是个男的。轰鸣声又一次渐行渐远，并再一次渐渐增大。车子往返三次，终于在不远处的游泳池对岸停了下来。车子里，那人透过车窗向外望去，目光扫过长满青草的斜坡，随即移向池子里那两个一边泼水一边尖叫的男孩。伊诺克使劲将脑袋伸出灌木丛，双眼乜斜，望向车子，终于发现靠近男人一侧的车门上系了一根绳子。那人从另一扇车门钻了出来，而后绕过车子，顺着斜坡来到池子旁边。他站在那里，呆立良久，像是在寻找什么人，过了一阵，又傻愣愣地在草地上坐了下来。他身穿一套蓝色西装，头戴黑色礼帽，双手抱膝，呆呆地坐在那里。"唉，我真下贱，"伊诺克说，"我真是下贱。"

他随即朝灌木丛外面爬去，一颗心狂跳不止，仿佛赛车场上沿着深坑边沿风驰电掣的摩托车。他甚至记起了那位车手的名字：黑泽尔·莫茨先生。转瞬间，他已匍匐在地，爬到忍冬树丛的尽头，抬眼向池子对面望去。那蓝色的身影仍是动也不动，一动不动地坐在他目光所及的地方，两只眼睛仿佛被一只无形的手臂控制住了，仿佛那只手一旦松开，那蓝色的身影，不等他回过神来，便会纵身越过池子。

那女人出了淋浴房，来到跳板上，舒展双臂弹跳起来，跳板啪嗒啪嗒，发出刺耳的响声，她突然向后一个旋转，旋即消失在水中。黑泽尔·莫茨先生慢慢转过头来，望着她跳入池中。

伊诺克直起身子，穿过淋浴房后面的小路，悄悄出现在了池子的另一端，然后缓步朝黑泽尔走了过去。他在斜坡顶上停了片刻，踏着人行道旁的草地轻轻向前移动，脚下没发出半点儿响声。他径直来到黑泽尔身后，坐在人行道边上，倘若他长了十英尺长的手臂，便能伸出手去搭在黑泽尔肩膀上了。他坐在那里，安静地打量着对方。

此时，女人正扒着池子边沿钻出水来，首先映入眼帘的是她那长而苍白的面孔，那绷带似的泳帽几乎遮住了双眼，那尖利的牙齿从双唇间凸现出来，随后她双手撑着身体，从身后抽出一条大腿和一只硕大的脚丫子，接着是另外一只脚和另一条大腿。她终于钻出池子，蹲在那里气喘吁吁。过了片刻，她懒洋洋地站了起来，一边抖动身子，一边在身体下方那一汪水中踩着双脚，发现自己正站在黑泽尔和伊诺克对面，便咧开嘴巴笑了笑。伊诺克看到，黑泽尔·莫茨正侧目望着女人，但并没有报以微笑，而是一直望着她缓步来到两人身边一处阳光充足的地方。伊诺克往前挪了挪，想看得清楚一些。

女人一边坐了下来，一边摘下泳帽，那满头凌乱的短发，深褐色的，青黄色的，可谓五彩斑斓。她晃了晃脑袋，再次抬眼朝黑泽尔·莫茨看了一番，随即又是咧嘴一笑，露出尖尖牙齿。接着，她在阳光下伸开四肢，抬起膝盖，舒展一下脊背，仰面躺在水泥地上，此时，池子另一边，两个小男孩正抱着对方的脑袋往池子边上撞去。女人躺在那里，不停地调整着睡姿，过了一会儿，终于舒舒服服地平躺在地上，同时抬起手臂，一把将泳衣吊带从肩膀上扯了下来。

"我主耶稣！"伊诺克咕哝一声。他还没来得及移开目光，黑泽尔·莫茨已经一跃而起，几乎撞到自己那辆车上。女人一下子坐了起来，泳衣半遮半掩在胸前，伊诺克两眼一时忙乱起来。

他很不情愿的将目光从女人身上移开，箭一般朝黑泽尔·莫茨追去。"等一等！"他边喊边在车子前面使劲挥动双臂，此时车子已隆隆作响，正要开动，黑泽尔·莫茨见状只好关掉了发动机。

挡风玻璃后，黑泽尔一脸酸相，两腮鼓起，活像一只青蛙，仿佛将要迸发的一声怒吼被硬生生憋了回去，又像是警匪片中藏在衣柜里的那个双手被束、嘴巴被堵的倒霉蛋。

"怪了,"伊诺克说,"这位莫不是黑泽尔·莫茨!你还好吗,黑泽尔?"

"门卫说准能在游泳池找到你,"黑泽尔·莫茨道,"还说你躲在灌木丛里偷看人家游泳。"

伊诺克脸腾地红了。"我这人就爱看游泳来着,"说着,他又将脑袋往车窗里挤了挤,大声问道,"是在找我吗?"

"那个瞎子,"黑泽尔道,"那个叫霍克斯的瞎子,他女儿和你说过他们的住处吗?"

伊诺克仿佛没有听到。"来这儿特意找我的吗?"他问。

"阿萨·霍克斯,他女儿把削皮器给你了,她说过他们住哪儿了吗?"

伊诺克从车里缩回脑袋。他打开车门,爬进去坐到黑泽尔身边,盯住他看了足足一分钟,然后舔舔嘴唇小声说道:"我要给你看样东西。"

"我要找瞎子他们,"黑泽尔说,"我要见他,她告诉你他们住哪儿了吗?"

"那东西你一定要去瞧瞧，"伊诺克说，"我必须带你看看，就今天下午。一定要看。"他伸手抓住黑泽尔·莫茨的胳膊，却被他一把甩开。

"她说过住哪儿了吗?"他追问道。

伊诺克仍在不停地舔着嘴唇，除了那颗紫色疱疹，整个嘴唇真是白得够瘆人的。"当然说了，"他说，"她不是约我带上口琴去看她了吗? 我先带你去看那东西，回头再告诉你她家住哪儿。"

"什么东西?"黑泽尔嘟囔道。

"那东西你一定要看的，"伊诺克说，"一直朝前开，我告诉你哪儿停车。"

"我什么东西都不想看，"黑泽尔·莫茨说，"就想要地址。"

伊诺克只是盯着窗外，瞧也不瞧黑泽尔·莫茨一眼，说道："跟我去吧，要不我什么都会记不起来的。"不大工夫，车子启动，伊诺克体内的血液奔腾起来，他知道去那里之前要先去一趟"霜瓶"热狗摊和动物园，也已经预料到他和黑泽尔·莫茨之间必有一场较量。他一定要带他去那个地方，即使用石头将其打昏，他也一定要把他背到那里。

伊诺克的大脑分为两个部分，一部分和血液沟通，负责思考判断，但从不付诸言语，另一部分则用于存储各种语汇。当第一个部分盘算着如何将黑泽尔·莫茨带到"霜瓶"和动物园时，另一部分则同时提出了疑问："车子不赖，你从哪儿搞的？你该在外面写上'宝贝''内裤'之类的字眼儿，我见过有辆车就这么写来着，我还见过一辆车上写着……"

黑泽尔板着面孔，一如岩石雕就。

"我老爸以前有过一辆黄色福特，买彩票赢的，"伊诺克喃喃道，"滑动式车顶，两根天线，松鼠尾，真是应有尽有。后来他给换掉了。停下！停下！"见车子刚好经过"霜瓶"热狗摊，他嚷叫起来。

"这什么地方？"进去以后，黑泽尔·莫茨问道。房间里很昏暗，放眼望去，柜台前的几只棕色凳子像极了毒蘑菇，正对着门的墙壁上贴了一张冰激凌广告，上面画的是一头装扮成主妇的奶牛。

"不是这儿，"伊诺克说，"只是路过，要停下来吃些东西。要点儿什么？"

"什么也不要，"黑泽尔道。他双手插进口袋，僵硬地站在房间中央。

"哦，那请坐吧，"伊诺克说，"我得喝点儿东西。"

柜台后面有了动静，一个头发短得出奇的女人从椅子上站了起来，她一直坐在那儿看报来着。她一脸酸相，走过来紧紧盯着伊诺克。她身上那件制服原本是白色的，而现在已变得污渍斑斑。"要什么?"女人俯身凑到他耳边大声问道。她生了一副男人面孔，两条臂膀粗大有力。

"宝贝儿，来份巧克力麦芽奶昔，"伊诺克温柔地说，"多放些冰激凌。"

她猛地转过身子，瞪着黑泽尔。

"他不要什么，就坐那儿瞧你一会儿，"伊诺克说，"他不饿，就想看看你。"

黑泽尔木然地瞅着女人，女人转过身去，背对着他，开始调配奶昔。他坐在最后一只凳子上，咔嗒咔嗒地掰着手指关节。

伊诺克细细地打量着他，过了几分钟，他说："觉着你变了个人似的。"

黑泽尔霍地站起了起来，说道："我要那两个人的地址，马上给我。"

伊诺克蓦地想到了什么：是警察。他突然满脸恍然的样子，说道："觉着你不像昨晚上那么横了，我想或许是不错的，"他接着说，"你不像那会儿振振有词儿了。"那车子偷来的，他心里想。

黑泽尔·莫茨坐了回去。

"刚才游泳池那儿，你干吗急着跳起来？"伊诺克问。女人朝他转过身来，手里端着麦芽奶昔。"当然啦，"他不怀好意地说，"那丑婆娘，我也不想和她有一腿的。"

砰的一声，女人将奶昔丢在面前的柜台上，吼道："一毛五。"

"你可不止这个价吧，宝贝儿？"伊诺克说着，心中暗笑，一边用吸管吃起了奶昔。

女人三步并作两步走到黑泽尔身边，大声喊道："你跟这混蛋来这儿干啥？这么个好孩子，安安静静的，非要跟个混蛋来搅在一起。交朋友可要小心了。"她姓莫德，天天喝酒，威士忌就藏在柜台下面的水果罐里。"我主耶稣，"她一面说，一面用手擦了擦鼻子，然后将手臂置于胸前，在黑泽尔面前的直背椅上坐了下来，瞅着伊诺克对黑泽尔说道："天天这个样子，这混球没有一天不来这里。"

伊诺克这会儿正想着那些动物，接下来他们就要去看那些动物了。他恨透了那些畜生，只要一想起它们，他就会脸孔涨得发紫，脑袋里乱糟糟的，就像灌满了麦芽奶昔。

"你是个好孩子，"她说，"我看得出来，你是清白的，以后就要这样，干干净净的，可不要和这种混蛋搅在一起。正经孩子我一眼就能看得出来。"她朝伊诺克吼道，伊诺克却只顾望着黑泽尔·莫茨，觉得有什么东西正纠结在黑泽尔·莫茨内心深处，尽管他表面上不动声色。他将自己裹进那套蓝色西装，看上去只能给人一种压迫感，仿佛那东西在他内心深处纠结得愈发难以排解。

伊诺克体内的血液告诉他，一定要抓紧时间，于是便三下两下用吸管吸干了剩下的奶昔。

"是的，先生，"她说，"没什么比清白的孩子更可爱了。上帝为我作证，我一看就能知道谁才是清白的孩子，我一看就能知道谁是个混蛋。差别大了去了，那个满脸脓疮用吸管嗞溜嗞溜吃奶昔的野种就是该死的混蛋，你是个纯洁的孩子，不该和他为伴儿的。我一看就知道谁是清白的孩子。"

嗞嗞几声吸干剩在杯底的奶昔，伊诺克从口袋里摸出一毛五分钱放在柜台上，然后站了起来。黑泽尔·莫茨也早已站起身来，这会儿正面朝女人靠在柜台上。她一直盯着伊诺克，所以并没有马上看到他。他站在那里，两手撑着柜台，将脸凑近女人，两张面孔相距只有咫尺，她这才扭过头来，呆呆地望着他。

"快点儿，"伊诺克开口道，"我们没时间跟她磨牙，我得马上让你看那东西，我得……"

"我的确是清白的。"黑泽尔道。

他又重复一遍，伊诺克才弄明白他所指为何。

"我的确是清白的。"他再次说道，语调漠然，脸上毫无表情，只是呆呆地望着女人，好像在盯着一堵墙。"假如耶稣存在，我就不会是清白的了。"他说。

她也愣愣地望着他，先是感到震惊，继而怒不可遏，大声嚷道："你以为我很在乎吗？你什么人碍我屁事！"

"快点儿，"伊诺克嘀咕道，"抓紧时间，要不甭想知道他们住在哪儿了。"他抓住黑泽尔的胳膊，拉着他离开柜台，朝门口走去。

"你这个杂种！"女人尖叫起来，"你以为我会在乎你们这些肮脏的家伙吗?"

黑泽尔·莫茨急忙走了出去。他回到车里,伊诺克随后也爬进了车子。"好了,"伊诺克说,"沿这条路一直开下去。"

"要怎么样你才会告诉我?"黑泽尔道,"我不想待下去了,我必须得走,我一刻也不能待下去了。"

伊诺克浑身打了个哆嗦,又舔起了嘴唇。"你一定要看看那东西,"他声嘶力竭地说,"除了你那东西谁都不能看。你车子开到游泳池那会儿,我就预感到你就是我要找的人了。今天整整一个早上,我就预感到有人要来了,后来在游泳池那儿见到你,我就知道那预感是不错的。"

"你预感错与不错关我什么事儿。"黑泽尔说。

"那东西我天天都去看的,"伊诺克说,"我每天都去,可压根儿就没带别人去过那里。我要等下去,等我预感到的人。看完那东西,我就告诉你那两人的地址。你一定要去看看,"他说,"看了那东西,会有奇迹发生的。"

"没什么会发生。"黑泽尔道。

他又发动了车子,伊诺克在座位上探着身子咕哝道："我们先去看看那些动物，时间不会很长，用不了一分钟的。"他仿佛看见，那些目光凶狠的动物就在那里等候着他，随时准备出其不意将其甩到一边。他心里想，假如警察突然出现，鸣着警笛将黑泽尔•莫茨抓进警车，而他又来不及让他看那东西，那可如何是好？

"我要见那两个人。"黑泽尔说。

"停车！停车！"伊诺克嚷道。

车子左边有一排亮闪闪的铁笼，里面蹲着一条条黑影，有的还在来回走动。"下车，"伊诺克说，"只要一会儿时间。"

黑泽尔下车后待着没动。 "我要见那两个人。"他说。

"好吧，好吧，抓紧时间。"伊诺克道。

"我不相信你知道地址。"

"知道的！我真的知道！"伊诺克叫道，"那地址打头的数字是三，行了吧。快一点！"他拉起黑泽尔朝笼子走去。第一只笼子里相向蹲着两头黑熊，仿佛两位一起品茶的主妇，表情专注而彬彬有礼。"它们啥也不做，整天蹲在那里，浑身臭烘烘的，"伊诺克说，"每天早上都有人过来用水管替它们冲洗笼子，可里面还是臭烘烘的，这臭味就像冲洗笼子的人留下的。"他走过另外两只关着黑熊的笼子，瞧也没瞧一眼，便来到下一只铁笼跟前，这只笼子里关着两头黄眼狼，此时正沿着水泥地边沿嗅来嗅去。"是土狼，"他说，"我讨厌土狼。"他俯身靠近一些，朝笼子啐了一口，唾液落在其中一条土狼的腿上，那土狼迅速跳向一旁，斜着目光恶狠狠地瞪了他一眼。一时间，他竟然忘记黑泽尔·莫茨的存在，这会儿突然记起，便急忙回过头来，发现他仍然跟在后面。他一直跟在伊诺克身后，但并没有去看那些动物。在捉摸警察的事儿吧，伊诺克心里想着，嘴上却说道："快点儿，前面那些猴子没时间一个个看了。"平日里，他会在每个笼子跟前停下脚步，自言自语地做一番不堪入耳的点评。但今天来看这些动物，也就是走个形式罢了。于是，他匆匆走过前面那些关着猴子的铁笼，不时回过头来，看看黑泽尔·莫茨是否跟在后面。到了最后一个笼子，他还是不由自主地停下了脚步。

"瞧瞧那只猴子。"他瞪着眼睛说道。那畜生背对着他，一身灰色皮毛，只有屁股上有块儿地方呈粉红色。"我要是长了这样的屁股，"他装出一本正经的样子说道，"死活也要蹲在地上，我可不想让公园里所有的人都看得清清楚楚。快点儿，后面那些鸟就不要看了。"他急步走过鸟笼，来到动物园尽头。"现在用不着车子了，"他边说边向前走去，"我们得穿过那片树林，然后直接下山。"黑泽尔在最后一个鸟笼跟前停了下来。"噢，耶稣，"伊诺克嘟哝道，站在那里使劲挥着手臂，"快跟上！"然而黑泽尔动也不动，两眼死死地盯着那只鸟笼。

伊诺克跑了回来，猛地抓住他的胳膊，黑泽尔却一把将其推开，仍是目不转睛地盯着鸟笼。鸟笼里空空如也，伊诺克瞪大了眼睛。"是空的！"他喊道，"这破烂空笼子有什么看头？快走吧！"他仍是动也不动地站在那里，浑身大汗，脸色青紫。"里面是空的！"伊诺克嚷道。然而他很快发现，里面并非空无一物：在笼子一角的地面上，竟然有一只眼睛，眼睛嵌在什么东西的中央，那东西看上去像是一块破旧的拖布。他眯起眼睛，凑到近前，发现那块拖布竟是一只睁着半边眼睛的猫头鹰，那睁开的半边眼睛正死死地盯着黑泽尔·莫茨。"不就是只猫头鹰吗？都已经死了，"他埋怨道，"这玩意儿你以前见过的。"

"我是清白的。"黑泽尔朝那只眼睛说道，听语气，就仿佛和"霜瓶"里那个女人讲话毫无二致。他话音刚落,猫头鹰便轻轻闭上了眼睛,而后朝墙壁转过脸去。

他该不是杀了人吧,伊诺克心想。"啊,亲爱的耶稣,快一点好吗!"他带着哭腔央求道,"我这会儿就带你去看那东西。"他拉着他离开笼子,但刚走几步,黑泽尔又停了下来,目光迷离地望着远处。伊诺克视力不佳,眯起眼睛,这才看清远处有个人影走了过来,人影两侧,还有两个更小的影子在蹿上跳下。

黑泽尔·莫茨突然转过身来说道:"那东西在哪儿?我们这就过去看看,看完也就交待了。走吧。"

"这不正要带你去吗?"伊诺克说。他感到身上的汗水早已干透,蜇得皮肤生疼,连头皮也针扎似的。"要穿过这条路,然后朝山下走。我们得步行过去。"他说。

"为什么?"黑泽尔嘟哝道。

"我也不知道。"伊诺克说。可他心里清楚,肯定就要发生什么事情了。他体内的血液不再激荡,他的血液一直在涌动不息,可现在终于安静下来。两人动身朝山下走去。山路陡峭,林木稠密,地面四英尺以上,所有的树干都被刷成了白色,看上去仿佛穿上了短袜。他伸手抓住了黑泽尔·莫茨的胳膊。"往下走会越来越潮

94

湿。"他一边说，一边茫然地打量一下四周。黑泽尔·莫茨一把将他的手甩开，但他随即又紧紧抓住了他的手臂。两人停下脚步，伊诺克朝林子里指了指说："博物馆。"话一出口，他不禁打个激灵，在此之前，他还从未大声说出过这个字眼儿。他指向的地方隐约现出一幢灰色建筑，两人朝山下走去，那建筑变得越来越大，而当他们来到林子尽头，踏上一条碎石车道，那建筑仿佛又突然缩小了。那是一幢煤黑色圆形楼房，楼房前面立着几根柱子，柱子中间有一尊女人石雕，女人头顶水罐，没有眼睛，柱子上方有块预制板，上面刻着"博物馆"字样，伊诺克再不敢读出声来。

"我们得爬上台阶，穿过前门。"他悄声说道。廊前有十级台阶，漆黑的大门显得很宽。伊诺克小心翼翼，将门推开，先把脑袋伸进门缝，随后又立即缩了回来，说道："没问题，进去吧，走路轻点儿。我不想弄醒看门那老家伙，他对我可不怎么友好。"两人刚走进一间昏暗的大厅，浓重的油布和碳酸味扑面而来，其间还夹杂着另一种气味，这气味若有若无，不可名状，伊诺克以前还从未闻到过这样的气味。大厅里几乎空空荡荡，只摆放着两只骨灰瓮，墙边的直背椅上，一个老头正呼呼大睡，他身上穿着和伊诺克一样的制服，看上去活像一只干瘪的死蜘蛛。伊诺克瞅了黑泽尔·莫茨一眼，想知道他是否也闻到了那种似有似无的怪味，看那样子，他的确也闻到了。伊诺克体内的血液又开始激荡起来，催促他继续向前走去。他抓住黑泽尔的手臂，蹑手蹑脚来到大厅尽头另一扇黑门处。他先将门推开一条缝隙，探进脑袋，随即立刻缩回，勾勾手指，示意黑泽尔跟他进去。两人进了另一个大厅，大厅和前面那间一样，只不过是横过来的。"东西就在那边第一扇门里。"伊诺克低声说道。他们走进一处昏暗的房间，里面的墙壁上摆满了玻璃柜，中间地板上停放着另外三只柜子，看上去像是棺材。墙上的柜子里全都是鸟，一只只歪歪斜斜，停在刷过油漆的树枝上俯视着下方，神情干涩却仍不乏勃勃生气。

"走吧，"伊诺克小声道。他穿过地板中央的两只柜子，朝第三只柜子走去，然后在柜子一端停下脚步，双手紧握，伸着脖子朝里望去。黑泽尔·莫茨也跟了上去，在他身边停下。

两人站在那里，伊诺克身子僵直，黑泽尔·莫茨则微微弯下腰去。柜子里摆放着三只碗、一排钝器和一具男尸。伊诺克紧紧盯着男尸，只见他约莫三英尺高，全身赤裸，皮肤干黄，双目几乎完全闭上，仿佛一块巨大的铁块正要从头顶砸落下来。

"瞧那说明，"伊诺克指着男尸脚边的打印卡片道，声音很低，仿佛在教堂里悄声祷告，"上面说他以前身高和你我一样，半年时间里，几个阿拉伯人就把他弄成了这个样子。"他小心翼翼地转过头来，望着黑泽尔·莫茨。

黑泽尔·莫茨正目不转睛地盯着那具男尸，他弯着腰，身子前倾，苍白的面孔映到柜子顶端的玻璃盖上，眼睛像两个清晰的弹孔。伊诺克呆愣愣的，站在那里等待着，冷不防地，大厅里传来杂沓的脚步声。他祷告起来：噢耶稣，我主耶稣，让他抓紧时间，想做什么就赶快去做吧。进来的原来是那个女人，她咧开大嘴，两只手各牵了一个孩子。黑泽尔·莫茨眼睛抬也没抬，仍在死死地盯着那具萎缩的男尸。女人牵着孩子走了过来，在柜子另一端停下脚步，低头朝里望去，玻璃罩上，她那龅牙咧嘴的面孔与黑泽尔·莫茨苍白的面庞重叠在一起。

她嗤嗤地笑出声来，于是赶紧用两个手指挡住牙齿，两个小男孩面孔好似两口平底锅，一边一口，刚好接着她那洋溢在脸上的笑容。看到她映在玻璃上的面孔，黑泽尔不禁猛地一缩脖子，随即发出一阵响声，那声音或许不是他的，而是来自柜子里的男尸，伊诺克马上意识到，那声音的确是男尸发出的。"等等我。"他一声尖叫，跟着黑泽尔·莫茨冲出了房间。

到了半山腰，他终于追上了黑泽尔，于是伸手拽住他的胳膊，拉他回过头来，停下脚步。突然，他感到一阵虚弱，轻飘飘的像只气球，呆呆地望着黑泽尔。黑泽尔·莫茨抓住他的肩膀使劲摇晃，大声喊道："地址呢？把地址给我！"

伊诺克瘫软在地，即便他真的知道地址在哪儿，还怎能记得起来呢。黑泽尔·莫茨刚松开手，他重又瘫倒下去，撞在一棵穿了白色"短袜"的树干上。他滚到一边，四仰八叉地躺倒在地上，脸上现出了高贵的神情。他觉得自己飘到了空中，远远望去，那蓝色身影一跃而起，捡起一块石头朝他甩了过来，他赶紧闭上眼睛，石头不偏不倚地击中了他的脑门儿。

再次苏醒过来，他发现黑泽尔·莫茨已然离去。他躺了一会儿，伸手摸摸脑门儿，将手举到眼前，看到手指上赫然现出一道道血痕。他扭过头来，发现地上有一滴血痕，看着看着，他感觉那血痕涌泉一般扩散开来，于是他坐直身子，顿时觉得肌肤一阵冰凉。随即拿手指探了一下，隐隐的，他仿佛听到了体内的血液在激荡喷涌，听到了那神秘的血液在这个城市的心脏激荡涌动的声音。

于是他终于明白：无论他将要成就什么，一切的一切才刚刚开始。

第六章

　　那天晚上，黑泽尔驱车跑遍了大街小巷，终于找到了那个瞎子和女孩。当时两人正站在街角等红绿灯。他驾着艾塞克斯，不远不近地跟在后面，约莫过了四个街区，又上了主干道，然后随两人拐进一条小巷。他继续跟在后面，过了调车场，来到一处灯光暗淡的地方，看见两人走上一幢火柴盒似的两层楼房的门廊。瞎子打开门时，一束灯光映照在他身上，黑泽尔伸长脖子想看个清楚。女孩缓缓转过头来，望着他的车从楼前开过。他的脸紧贴在车窗玻璃上，看上去仿佛一张剪纸面具。他看到了门牌号，门上有块牌子，上面写着"房屋出租"。

　　驱车回到闹市区，他把艾塞克斯停在一家影院门前，这里可以清楚地看到影片结束后蜂拥而出的人群。

影院顶棚处，四周灯光煞是明亮，头顶的月亮随着流云时隐时现，被灯光照得苍白无力。黑泽尔钻出车子，爬上前面的引擎盖。

玻璃售票亭旁边，一个上唇很长的瘦小男人正为身后的三个胖女人买票。"给几个妞儿弄点儿点心，"他对售票亭里的女人说，"咱可不能眼睁着让她们几个饿肚子。"

"他可真逗，不是吗？"其中一个女人嚷道，"老让我笑个半死。"

影院休息室走出来三个身穿红缎子夹克的男孩。黑泽尔举起双臂高声喊道："哪会有碰一碰就让人得到救赎的鲜血？"

话音刚落，三个女人同时扭过身来盯着他。

"自作聪明的家伙。"那瘦小男人瞪眼说道，好像有人要对他非礼似的。

三个男孩推推搡搡，走上前来。

黑泽尔等了片刻，随即又大声叫道："哪会有碰一碰就让人得到救赎的鲜血？"

"搞煽动的家伙，"小个子男人说，"最受不了这种搞煽动的家伙了。"

"我说那位伙计，你是什么教会的？"黑泽尔指着红缎子短夹克中个头最高的男孩问道。

男孩咯咯笑了起来。

"还有你，"他不耐烦地指了指下一位，"你是什么教会的？"

"耶稣教会。"那男孩假声假气地说，显然在有意调侃。

"耶稣会！"黑泽尔重复道，"很好，我不是为耶稣会布道的，我是这个教会的会员兼牧师。这个教会里，盲者不可视，跛者不可行，亡者不可活。要问我吗？那我就告诉你：这个教会里，耶稣的血与救赎无关。"

"是个布道的，"三个女人中的一位说道，"咱们走。"

"你们且听了，我走到哪里，就把这真理带到哪里，"黑泽尔喊道，"不管在哪里，只要有人听，我就会宣讲。我要向你们宣扬，根本不存在堕落这回事，因为根本没有什么东西会堕落，也根本没有救赎这回事，没有堕落，也就没有审判，因为前两样东西根本就不存在。别的都不重要，最重要的是，耶稣只会扯谎。"

小个子男人急忙领着他的三个女人钻进了影院，三个男孩也离开了。看到更多的人从里面出来，他把刚才那些话又重复一遍。这波人走了，又来了下一波，他不厌其烦，将那些话重又喊叫一遍。这以后，再没人从影院里走出来，极目四望，只剩下售票亭里那个女人。其实她一直在对他怒目而视，只是他没有留意罢了。她戴了副眼镜，镜架上镶着莱茵石，满头白发香肠一样盘在头顶。她把嘴伸到玻璃窗上的售票口，大声叫道："给我听着，就算你入不了什么教会，也不该跑到影院跟前瞎折腾。"

"我的教会是无基督教会，夫人，"他说，"没有基督，就没有理由去寻找什么固定的场所。"

"给我听着，"她说，"再不离开这里，我可要报警了。"

"影院多的是，"说着他跳了下来，钻进艾塞克斯开走了。是晚，他又跑到另外三个影院门前进行布道，然后回到了沃茨夫人那里。

次日一早，他又驱车回到昨晚瞎子和女孩入住的那幢楼房。楼房是第二户人家，和本街区其他所有楼房一样，这里也装上了黄色护墙板。他来到廊前，按了按门铃，几分钟后，一个手拿拖把的女人打开了门。他告诉她想租间房。

"你做啥的?"她问。女人个子很高,瘦得皮包骨头,活像她倒着拿在手里的那根拖把。

他说是牧师。

女人将他仔细打量一番,又看了看他身后的车子,然后问道:"哪个教会的?"

他说是无基督教会的。

"是新教吗?"她疑惑地问,"或是外国的什么教会?"

"不是外国的,夫人,是新教。"他应道。

过了片刻,她说道:"好吧,进来看看。"他随她进了一间刷着白色涂料的大厅,从旁边的台阶走上二楼。她打开一扇门,走进一间背阴的屋子,屋子比他的车子空间稍大,里面摆了一张小床、一个五斗橱、一张饭桌和一把直背椅。墙上有两个钉子,挂衣服用的。"每周三块,预付的。"她说。房间有一扇窗子,主门对面还有另一扇门,黑泽尔将其打开,心想里面该是壁橱什么的,不料打开以后,看到的竟是一个陡坡,坡高约三十英尺,往下通向狭窄的后院,那里是堆放垃圾的地方。门框高及膝盖的地方横着钉了一块木板,以防有人不小心跌了下去。"有个姓霍克斯的住在这儿，是吗？"黑泽尔随口问道。

"楼下朝阳的房间，"她说，"和女儿住在一起。"她也在望着门外那条陡坡。"这儿原来是疏散通道，"她说，"我也不清楚怎么成了现在这个样子。"

他付了她三块钱，租下了这间屋子。等她一走开，他随即到了楼下，敲响了霍克斯家的门。

瞎子的女儿将门开了一条缝，站在那里望着他，似乎在用力调整脸上极不协调的表情。"是那个男孩，爸爸，"她低声道，"他一直跟着我。"她把脑袋紧紧顶在门上，不让他看清自己身后的东西。瞎子走了过来，但仍未把门开得大一点。他的神情俨然不同于前天晚上，看上去一脸厌恶，充满了敌意。他没有言语，一动不动站在那里。

离开屋子前，黑泽尔已想好该说些什么。"我也住这儿，"他说，"我这样想的，你丫头总是对我暗送秋波，我或许该对她有所报答。"他并没有看那女孩，只是目不转睛地盯着瞎子那副墨镜，盯着那些突然出现并顺着两边面颊蔓延而下的奇怪伤疤。

"那天晚上我是瞧了你一眼，"女孩儿说，"可那是因为你干的事情让我气愤不过。是你老看着我的。爸爸，亏你没瞧见他那种眼神。"

"我创立了自己的教会，"黑泽尔说，"是无基督教会，我已经沿街布道来着。"

"难不成你缠上我了?"霍克斯说，声音平淡，与上次绝然不同，"我又没请你来，也没让你老是这么摽住不放。"

黑泽尔原本以为，自己的到来会让两人感到窃喜。他踌躇不决，试图再找些话说。"你算哪门子的牧师?"他不觉喃喃自语道，"难道就看不出你可以拯救我的灵魂吗?"瞎子砰的一声将他关在门外。黑泽尔呆在原地，茫然望着那扇紧闭的门，过了一会儿，他用袖子擦了擦嘴，毅然决然地离开了。

回到屋里，霍克斯摘去墨镜，从百叶窗缝隙里望着他钻进车子绝尘而去。那只凑近百叶窗的眼睛比另一只要小上一号，也圆了一些，不过显而易见的是，两只眼睛都一样好使。女孩儿从下面的缝隙中望着黑泽尔。"你干吗不待见他，爸爸?"她问道，"就因为他在追我吗?"

"我巴不得他追你呢，他果真追的是你，我倒是求之不得。"他说。

"我喜欢他的眼睛，"她说，"恍恍惚惚的，好像压根儿什么都没看见，可就是在盯着你看。"

这屋子和黑泽尔的一样大小，只是里面摆了两张小床，多了一只做饭的煤气炉，一只水槽，另有一只权当饭桌的大箱子。霍克斯在一张小床上坐了下来，将一支烟卷塞进嘴里。"该死的，靠耶稣骗吃骗喝。"他嘟囔道。

"得了，瞧瞧你从前的样子吧，"她说，"从前你不也是无所不为吗？后来你总算有了出头之日，他也会的。"

"我不想他这样纠缠个没完，"他说，"他让我不得安宁。"

"你听着，"她一边说，一边在他身旁坐下，"你帮我得到他，然后你走你的，想干吗都行，我跟他一起过。"

"他压根儿就不了解你。"霍克斯说。

"就算是这样，"她说，"我也认了。这样的话，我倒容易得到他。我想要他，你得帮帮我，完事儿后，你想去哪儿就去哪儿。"

他倒在床上把烟抽完，脸上一副若有所思的邪恶神情，忽而放声大笑，忽而表情凝重。"也好，这样也好，"他寻思片刻，然后说道，"如此这般，也许就能相居以安、各得其所了。"

"听好了，"她说，"这些或许是疯话，可他就是让我着迷。我从来没有这么喜欢过一个男孩。别赶他走，告诉他你是怎样为了耶稣弄瞎眼睛的，给他看看你手里的剪报。"

"是呀，剪报。"他说。

黑泽尔驱车从那里出来，一边想着心事。他已决定将霍克斯的女儿诱骗到手，那个布道的瞎子，看到女儿被他糟蹋，就会相信他可不是闹着玩儿的，他真的要宣扬无基督教会了。此外还有另一个原因：他不想再回到沃茨夫人那里。昨天夜里他睡着后，她竟然偷偷爬起，在他帽子顶上剪了一个不堪入目的下流形状。他觉得自己应该找个这样的女人：不是为了在她身上寻欢作乐，而是要证明他不相信罪孽，并且在尽力将其付诸于实践。他真的已经受够了她，需要找个能够接受自己布道的女人，于是他理所当然地看上了瞎子的女儿，既然她生得相貌平平，就应该是纯洁清白的。

回房间前，他来到一家服装店，打算给自己弄顶新帽子，帽子的颜色应该和原来那顶截然不同，于是便买了顶白色巴拿马草帽，帽子周围装饰着红黄绿三色丝带。

男店主说这帽子算是买对了，戴在头上，去佛罗里达再合适不过了。

"我不去佛罗里达，"他说，"这帽子和原来那顶颜色正好相反，就这么回事。"

"这可是新款，"男店主说，"去哪儿都能戴。"

"这我知道。"黑泽尔说。他走出店铺，扯下彩色丝带，拍平上面的折痕，拉低帽檐，这才戴到头上，结果却发现，这帽子和原来那顶一样不顺眼。

这天下午，一直等到两人该吃晚饭的时候，他才又返回霍克斯家门口。门几乎立刻打开了，女孩的脑袋随即出现在门缝里。他一把将她的手从门上拨开，看都没看她一眼，便推门走了进去。霍克斯坐在箱子旁边，饭尚未吃完，但这会儿没再去吃。他好不容易才及时戴上了墨镜。

"耶稣要是能让瞎子重见光明，干吗不让他给你医治？"黑泽尔问道。这话他在自己屋里就准备好了。

"他可是把保罗弄瞎了。"霍克斯答道。

黑泽尔在其中一张小床上坐了下来。他环顾一下四周，然后收回目光，盯着霍克斯。他跷起二郎腿，随即放下，然后又跷起二郎腿，问道："那些伤疤哪来的？"

假瞎子往前探了探身，微笑道："现在忏悔的话，你还有机会拯救自己。我救不了你，但你可以自救。"

"我已经在自救了，"黑泽尔说，"但并非为了忏悔，为此我每天晚上都在布道，在大街小……"

"瞧这玩意儿，"霍克斯说着，从衣兜里掏出一份发黄的剪报递了过去，他还是满脸微笑，笑得嘴巴都歪到了一边。"伤疤的事都记在这上面。"他嘟哝道。站在门口的女孩儿向他丢了个眼色，示意他要面带微笑，别那么一脸沉郁。瞎子一边等待黑泽尔读完剪报，一边让笑意重新回到脸上。

剪报大标题是："福音传教士承诺自毁双目。"文章接下来写道："自由基督教会福音传教士阿萨·霍克斯业已承诺自毁双目，借以证明其已为耶稣基督所救赎；此举拟于十月四日礼拜六晚间八点所举行的布道会上加以施行。"剪报上所注日期为十余年前，标题上方印有霍克斯的一张照片，其时他三十岁上下，脸无疤痕，口唇方正，其形既可解作圣洁，又可视为狡狯，眼睛一只大而圆，另一只小而窄，目光野性十足，令人心生恐怖。

读罢，黑泽尔直愣愣地坐在那里盯着剪报，他已经连着看了三遍。他摘下帽子，又重新戴上，随后站起身来，呆在那里环顾四周，好像想要使劲记起门在哪里。

"他拿生石灰把眼弄瞎的，当时几百号人都皈依了教会。无论是谁，为证视听，连自己眼睛都敢弄瞎，一定能够拯救别人的，"女孩说道，"或甚至他的骨肉至亲也能够拯救别人的。"她突发灵感，加了一句。

"谁有了好车，谁就不需要再证明自己。"黑泽尔嘀咕道。他狠狠地瞪了她一眼，匆忙走出门去，而门在他身后关上的一瞬，又突然想起了什么。他转身把门推开，塞给她一个折了又折的小纸团，然后急急忙忙朝车子走去。

霍克斯从她手里抢过纸团，打开一看，只见上面写着："宝贝，我从没见过像你这么好的姑娘，我搬到这里全都是为了你。"她从他手臂上方瞥见这些字眼儿，不禁心花怒放，连脸都羞红了。

"爸爸，你这可是弄到了书面证据。"她说。

"兔崽子把剪报给拿走了。"霍克斯嘟嚷道。

"得了，你不是还有一张吗？"她有些得意地问道。

"闭嘴。"说着他颓然倒在床上。另一张剪报标题写的是："福音传教士神勇不再。"

"我会帮你讨回来的。"她主动提议道。此时她站在靠近门口的地方，一旦惹烦了他，她便可以随时逃掉。然而他却翻过身去，面对墙壁，看样子打算睡觉了。

十年前，在那次布道会上，他原本要弄瞎自己的，当时有两百多号人在场，一个个候在那里等着看他弄瞎双眼。整整一个小时，他一直在做布道，讲述圣保罗何以至盲的来龙去脉，以此来激发自己的勇气，此时他仿佛看到，一道神圣的闪电蓦地从天空划过，自己随即被击中双眼而成为盲人。于是他勇气倍增，双手插进桶里，抓起泼过水的生石灰往脸上抹去，但并没有让一丁点儿石灰进入眼中。当其时，他已召唤到足够的恶灵来帮他完成壮举，然而那一刻，所有的恶灵全都踪迹皆无，他看到自己站在那里，毫发无损，在他的幻觉里，是耶稣驱散了所有的恶灵，他就站在那里，向他招手示意，于是他逃出帐篷，钻进巷子，消失在夜幕里。

"好啦，爸爸，"她说，"我想出去一会儿，让你平静一下。"

黑泽尔直接开车去了最近的修车厂，一个面无表情、留着黑色刘海的短脸男人走出来接待了他。他告诉那男的，要让喇叭发出声来，补一补油箱上的裂缝，让启动装置运行顺畅一些，还吩咐他紧一紧挡风玻璃上的刮水器。

那男的掀起引擎盖，瞄了一眼便又放了下来，然后绕车转了一圈，不时停下来靠近车身敲打几下。黑泽尔问他车子多久才能修好。

"修不成了。"男人说。

"这可是辆好车，"黑泽尔道，"当时一看我就知道，正是我想要的车。到手以后，我一直开着它，说去哪儿就能去哪儿。"

"那你这会儿要去哪儿？"男人问。

"下一家修车厂，"黑泽尔说完，钻进艾塞克斯开走了。在另一家修车厂，有个男的告诉他说，只消一个通宵，车子就能修得呱呱叫了，这车原本很不错的，组装得好，材料上等。他又说补充道，当然还有另一个原因：他可是城里最棒的修理工了，而且店里设备也是一流的。黑泽尔把车留下，心想这次准是找对人了。

第
七
章

　　第二天下午，他将车子取回，朝乡下开去，想试试它在乡村土路上表现如何。头顶一片蔚蓝，然而比起他那身西装却要逊色一筹。天空澄澈而平静，只有一朵炫目的白云悠然飘过，白云的边缘，仿佛生出了拂动的卷发和胡须。车子开出城外约莫一英里，身后突然传来轻轻咳嗽的声音。他放慢车速，掉过头去，只见霍克斯的女儿正往后座上的木板爬去。"我一直在这儿来着，"她说，"只是你不晓得罢了。"她头插一束蒲公英，苍白的脸上咧开一张红艳艳的大嘴。

　　"躲我车里干什么?"他气恼地问，"我有正事要做，没时间胡闹。"他突然想起自己还打算勾引她，便立即止住不悦的口气，微微扯了扯嘴角说道："很好，当然啦，很高兴见到你。"

她先是把一条穿了黑色薄袜的大腿甩到前排座位靠背上，然后将身体剩下的部位一股脑靠了上去。"你是说我'好心'？还是说我'好看'？"她问道，"那纸团上写的。"

"都好。"他别扭地应道。

"我叫安息尔，"她说，"安息尔·莉莉·霍克斯。生下来母亲就这么叫我来着，因为我是安息日那天生的，然后她在床上翻个身就死了，我从来没见过她。"

"哦。"黑泽尔道。他紧绷下巴，心存戒备，继续驱车往前行驶。他不想要任何人做伴，不然的话，整一个下午，待在车里的那种惬意感全都要烟消云散了。

"他没有娶她，"她接着道，"我是私生女，可我有啥法子，我现在这个样子都得怪他，能怪我吗？"

"私生女?"他喃喃道。他弄不明白，一个牧师，为了耶稣把自己弄成瞎子，怎么可能会有私生女。他扭过头去，第一次饶有兴趣地望着她。

她点点头，翘了翘嘴角。"地地道道的私生女，"她抓着他的胳膊说道，"你可晓得？私生女绝对进不了天堂的。"她说。

黑泽尔只顾盯着她看，车子径直朝沟里开去。"你怎么可能是……"他刚开口，突然看见前面的红色路堤，于是急忙将车子退回到路上。

"你看报吗？"她问。

"不看。"他说。

"哦，报上说，有个女的叫玛丽·布里托尔，你不晓得怎么做时，她会教你的。我给她写过一封信，问她我该怎么做。"

"你怎么可能是私生女，他都把自己弄瞎了……"他又开口道。

"信上我是这样写的：'亲爱的玛丽，我是个私生女，谁都知道，私生女进不了天堂的，可我很有魅力，男孩子都喜欢跟着我。你觉得我该不该亲他们？或者该不该让他们亲我？我反正进不了天堂的，亲不亲的应该没关系吧。'"

"听我说，"黑泽尔道，"他把眼睛都弄瞎了，怎么……"

"后来她回了信，信上说：'亲爱的安息尔，轻轻亲一下是可以接受的，不过我觉得，你真正的问题是学会如何让自己适应现代社会。或许你应该重新审视一下你的宗教价值观，看看那些价值观是否符合你对于人生的需求。假如能正确看待，假如不会因此而变得乖僻，宗教体验可以成为人生的美好补充。读几本伦理文化方面的书吧。'"

"你不可能是私生女，"黑泽尔脸色苍白，说道，"肯定搞错了，你爸爸可是把眼睛弄瞎了的。"

"后来我又给她写信，"她说，一边微笑着用脚尖蹭蹭他的脚踝，"我说道：'亲爱的玛丽，我真正想知道的是，索性就这么一不做二不休了吧，我该不该呢？这才是我真正的问题，至于现代社会嘛，我适应得很好呢。'"

"你爸爸可是把自己给弄瞎了的。"黑泽尔重复道。

"那会儿他可不像现在这么好呢，"她说，"可她再也没有给我回信了。"

"你是说他年轻时不信，后来才慢慢信的吗？"他问，"到底是不是这样？"他粗暴地将她的脚踢到一边。

"没错。"她答道，一边坐直了身子。"别老是想着我把腿放在你腿上了。"她说。

前方不远处，那朵炫目的白云正向左边飘去。"干吗不拐到那条土路上去？"她问。这里有个岔道，于是他将车子开上了沙土路。这一带丘陵连绵，浓荫蔽日，乡村景色一派大好，尽收眼底。路的一侧是茂盛的金银花，另一侧则地势开阔，远远望去，整座城市的风光尽收眼底。此时，那朵白云飘到了两人正前方。

"后来他怎样慢慢信了？"黑泽尔问道，"又怎么成了耶稣会牧师？"

"我喜欢土路，真的，"她说，"特别是这种上上下下的山路。干吗不下车到树下坐一会儿呢？我们可以好好熟络一下嘛。"

又开了几百英尺，黑泽尔停下车子，两人钻了出来。"他信教前该是很邪乎吧？"他问，"或者还不算太邪乎吧？"

"邪乎得很呢。"她一边答道，一边从路边的铁丝网钻了进去。刚钻过去，她便坐下来脱掉鞋袜。"好想打着赤脚在田野里漫步。"她饶有兴致地说。

"听我说，"黑泽尔低声道，"我要回城去了，没时间在田野里漫步。"这么说着，他还是钻过铁丝网，到了另一边。"我想他信教以前什么都不相信吧。"

"咱们翻过那座小山，到树下坐一会儿吧。"她说。

她走在黑泽尔前面，两人一起爬到小山的另一侧，他知道，和她一起坐在树下，可能更容易把她弄到手，然而考虑到她如此天真纯洁，他还不想急于出手。他觉得，这种事要在一个下午搞定，的确很有难度。她靠着一棵大松树坐下，拍拍身边一块地方，示意他也坐下，而他却坐到了五英尺开外的一块石头上，膝盖顶着下巴，失神地望着前方。

"我可以拯救你，"她说，"我心里有个教会，耶稣就是它的王。"

他斜了斜身子，目不转睛地盯着她。"我信奉一种新的耶稣，"他说，"他不会浪费自己鲜血去救赎世人，他自己就是个俗人，身上没有半点儿上帝的影子，我的教会是无基督教会。"

她向他靠近一些。"私生女能得到拯救吗？"她问。

"在我的教会里，压根儿就没有私生子这档子事，"他说，"万事归一，私生子和其他人没什么两样。"

"那可太好了。"她说。

他看着她，心里有些烦躁，因为此时他头脑中已经有某种声音与他发生了龃龉，那声音说，私生子不可能得到拯救，还说这世上只有一个真理，耶稣不过是个骗子，还说她这种人是不可救药的。她扯开领口，伸展四肢躺在地上，微微抬起两只脚，问道："我的脚还算白吗？"

黑泽尔没看她的脚，头脑里那个声音说道，真理不会自相矛盾的，在无基督教会里，私生子不可能得到拯救。但他决定忘记这一点，并认定这一点是无关紧要的。

"以前有这么个孩子，"她翻过身子趴在地上，"没有谁在意他的死活。亲戚们推来推去，谁也不愿收留他，最后他被送到祖母那里。祖母无法容忍让他留在身边，她是个邪恶的女人，见不得稍微顺眼的事情，否则立马就会浑身肿痒，不堪忍受，连眼睛都要肿得老高，痒得难受，她毫无办法，整天满大街乱跑，一边骂个不停，一边双手乱抖。那孩子送去后情况变得更糟，于是她把他锁进了鸡笼。看见奶奶给地狱之火烧得全身肿胀，孩子就把看到的一切全都告诉了她，最后她肿得实在无法忍受，就跑到井边，脑袋伸进绳套，然后把水桶扔到井里，勒断了脖子。"

"我十五岁了，你想过吗？"她问。

"在我的教会里，这个词毫无意义，我说的是'私生子'。"黑泽尔道。

"干吗不躺下歇一歇?"她问。

黑泽尔挪开几英尺,躺了下来。他把帽子盖在脸上,抱起手臂放在胸前。她用双手和膝盖撑着身子爬到他身边,目不转睛地望着他的帽子顶部,然后像取下盖子一样将帽子拿掉,凝视着他的眼睛,而他只是愣愣地望着天空。"你喜不喜欢我都不打紧的。"她柔声说道。

他盯住了她的脖颈,慢慢地,她低下头去,两个鼻尖几乎触碰在一起,然而他还是没有直视她的眼睛。"我看见你了。"她顽皮地说。

"离我远点儿!"说着他一跃而起。

她忙乱地爬起身来,向树后跑去。黑泽尔戴上帽子,惊惧地站了起来,他想马上回到车里,因为他突然记起车子忘了上锁,停在那条乡村土路上,无论谁从旁边经过,都有可能把车开走。

"我看见你了。"一个声音从树后传来。

他连忙转过身子,朝车子走去。树后面那张脸上喜气洋洋的表情顿时荡然无存。

他上了车子,用尽各种手段,发动机就是无法启动,里面只传出管子漏水似的响声。他感到一阵恐慌,用手使劲击打启动器。仪表盘上,两个指针不停地左右摆动，弄得人眼花缭乱，但这些仪器都在独自运作，仿佛已和整个车子分离，他也不知道，究竟是不是耗尽了汽油。安息尔·霍克斯朝篱笆跑了过来，她趴到地上，爬过铁丝网，然后站在车窗外面望着他。他猛地扭过头来问道："你把我的车怎么了？"说完钻出车门，没有等她回答，便沿着土路朝前走去。愣了片刻，她也跟了上去，与他保持着一段距离。

公路入口处有家商店，店门前的加油泵离他们约莫半英里远，黑泽尔健步如飞，一路来到商店。这里看上去很是冷清，过了几分钟，一个男人从屋后林子里走了出来。黑泽尔说明来由，男人便开出自己的车子，准备和他一起返回来处，就在这时，安息尔赶了过来，走到一个笼子跟前。笼子放在店铺边上，大约六英尺高，此前黑泽尔一直没有注意到。看见里面有两个活物，他便走到近前，发现一个牌子上写道：一对冤家，免费观看。

笼子里关着一头黑熊，看上去瘦骨嶙峋，身长约四英尺。黑熊趴在地上，黑色的皮毛上沾满了鸟粪，鸟粪来自栖息在笼子上端的一只个头不大的老鹰，老鹰尾巴上的羽毛大都脱落，黑熊也仅剩下一只眼睛。

"不想落下就赶快上车。"黑泽尔抓着她的胳膊，厉声说道。那男的早已启动车子，三个人朝艾塞克斯赶去。半路上，黑泽尔和男人谈起无基督教会，谈起它的教义，谈起教会里决不会提及私生子云云，凡此种种，男人均未置一词。到了目的地，三人钻出车子，朝艾塞克斯走去，男人给油箱加了一桶汽油，黑泽尔爬进去试着启动车子，不料一切仍毫无动静。男人打开引擎盖，细细查看一番。他仅有一只手臂，嘴里也只剩下两颗黄板牙，但一双眼睛却是蓝莹莹的透着深沉，直到此时，他说出的话还没有超过两句。他又在车盖下面查看良久，却没去触碰半个零件。过了一阵，他放下引擎盖，擤了把鼻涕。这当儿，黑泽尔一直站在旁边。

"哪儿的毛病？"黑泽尔焦急地问。"车子还不错，是吧？"

男人没有吱声，而是蹲在地上，俯身爬到艾塞克斯下面。他穿着一双高筒靴，灰色短袜。他一直待在车下，过了良久，黑泽尔双手和膝盖着地，趴到地上，想看看他在下面摆弄些什么，可男人并未动手，一动不动地躺在那里，盯着车盘，那条剩下的手臂放在胸前，像是在思考什么。又过了一会儿，他挪动身子爬了出来，从衣服口袋里掏出一块法兰绒布，擦了擦脸和脖子。

"我说，"黑泽尔道，"这可是辆好车，你就用车从后面推一下吧，接下来嘛，我想去哪儿，这车就会带我去哪儿。"

黑泽尔和安息尔上了艾塞克斯，男人则一言不语，用车推着两人往前滑去。行了几百码，艾塞克斯开始冒烟，喘着粗气摇晃起来。黑泽尔将脑袋伸出车窗，示意卡车开上前来。"哈！"他得意道，"我没说错吧？我想去哪儿，这车便会带我去哪儿。它会这里待待，那里停停，但决不会永远趴下不动。您收多少钱？"

"不收钱，"男人说，"算不得什么。"

"可汽油呢，"黑泽尔说，"油要多少钱？"

"不要钱，"男人仍旧木然地说，"算不得什么。"

"那好，多谢您呢。"黑泽尔边说边朝前开去。"他这份人情也真是多余。"他说。

"这车棒极了，"安息尔·霍克斯说，"跑起来顺溜得很呢。"

"这车可不是外国佬做得来的，也不是黑鬼和一条胳膊的家伙造得来的，"黑泽尔说，"造这车的人眼光可不一般，一个个都是行家里手。"

来到土路的尽头，面前出现一条铺得不错的公路。这时，那辆货车又赶了上来，和艾塞克斯并排停在一起。黑泽尔和那个蓝眼睛男人透过车窗相互望了一眼。"我说过的，我想去哪儿，这车便会带我去哪儿。"黑泽尔酸溜溜地说。

"某些东西会把某些人带到某些地方去。"男人说完，便调转车头，驶上公路。

黑泽尔继续向前开去。此时，那朵炫目的白云早已化作一只飞鸟，那鸟儿生出两只薄薄的长翅膀，渐渐消失在相反的方向。

第八章

伊诺克·埃默里知道，他的人生从此将不复以往，因为注定要发生在自己身上的事情已然开始。他知道终究要发生点儿什么，只是尚不明白到底会发生些什么。假如他花些心神好好思量一番，也许就能够想到，眼下已到了证明老爸血液的最佳时机。然而他想不到这么远，他所想的不过是接下去应该何去何从。有时他索性啥也不想，而只是感到好奇，但不久他便会发现，自己早已有所作为，仿佛一只小鸟，不经意的就开始筑起巢来。其实就在他向黑泽尔·莫茨展示那玻璃柜中的东西时，即将发生在他身上的事情就已经开始发生。那种神秘的东西他根本无法理解，但他心里明白，那即将发生在他身上的事情将是非常可怕的。血液是他周身最敏感的东西，已将毁灭的劫数写满了他的全身，或许唯独没写进大脑。因此，他本人所了解的情况，尚不如他那每过几分钟便要伸出来探探发烫水疱的舌头。

他很快发现，自己首先要做的不同寻常的事情便是攒钱。他发现，除了女房东每周收去的租金，除了不得已才买些东西填饱肚子，他正在拼命攒下每一分钱。他感到惊讶的是，自己饭量竟然开始大减，省出的饭钱也都攒了下来。他素来爱逛超市，每天下午离开城市公园，总要花上个把小时，在超市罐头食品区逛上一圈，或是浏览一下麦片广告说明。近来他一直在强迫自己少拿些东西，免得口袋给弄得鼓鼓囊囊，他不很清楚，如此作为，是否因为想在饭食上省下些钱来。或许是的，但他有一种感觉，自己所以要节衣缩食，该与某种更为重大的事情不无关系。此前他总是对小偷小摸乐此不疲，可从来也没有攒下过一分一厘。

与此同时，他也勤快起来，开始清扫自己的房间。房间不大，绿色的，或曾经是绿色的，位于一幢老式公寓的阁楼上。整个住宅区让人感觉就是一具木乃伊，但在此之前，伊诺克从未想过让自己居住的这一部分（木乃伊头部）亮堂一些。而眼下，他竟然不知不觉地行动起来。

　　首先，他把地毯收起，挂到窗外，不曾想如此这般竟是大错而特错了：地毯收进来时，就只剩下几条长绳，其中一条上面还嵌了根地毯钉。他想这肯定是毯子太过老旧的缘故，于是决定，余下的家具应该小心伺候才是。他动手用肥皂水洗刷床架，除去第二层灰垢，竟发现下面全都是金灿灿的。他颇为震惊，于是又动手刷洗椅子。这是把矮圈椅，四只腿向外凸起，蹲在那里似的。刚一沾水，椅子便呈现出金色，再擦一下，金色却消失不见了，又洗几下，椅子竟整个儿坍塌在地，仿佛经年不息的内心挣扎终于有了结果，伊诺克不知这究竟是吉是凶。他心中忽然生出强烈的冲动，想要抬腿一脚踢出，将其碎成八瓣儿。但他并未付诸行动，而是让椅子保持原样趴在那里，无论如何，眼下他已不再是那个凡事都要弄个明白的鲁莽小子，此时他已经明白，自己弄不明白的事情才是至关重要的。

　　屋子里仅剩下盥洗台一件家具。台子由三个组件构成，支撑在几根细小的架子上，台高约六英尺，落地处呈鸟爪状，每一只均裹在弹丸似的小球里。最下面的部分是一只壁龛状柜子，原本用来摆放污水桶的，伊诺克没有污水桶，不过他倒是很看重所有物件的用途，既然没有东西可放，索性就让它空着。这宝贝柜子的正上方，是一块灰色大理石板，石板后面伸出一只木头格架，格架被雕刻成心形、卷轴状和花朵形状，看去颇似两只隆起的延展开来的鹰翅，格架正中央是一面不大的椭圆形梳妆镜，高度与伊诺克的个头持平，镜子的木框继续向上延伸，在顶端形成弯角似的王冠形状，说明那位装饰艺人尚未失去对自己作品的信念。

伊诺克看来，在自己的天地里，这件家具始终占据着重要地位，也是将自己与那些尚未明白的事情紧密联系起来的纽带。曾几何时，每当用过丰盛的晚餐，他不止一次地梦想打开那只柜子，然后钻了进去，举行那些每天早晨都会隐隐感觉到的神秘宗教仪式。每次打扫房间，他脑海里首先出现的也总是盥洗台，但每每于此，他总要一如既往地先去侍弄那些无关紧要的物件儿，然后再不慌不忙地缓缓接近那个意义最大的核心目标。于是，每次清理盥洗台之前，他便要先去关照那些图画了。

图画共有三幅，其中两幅是自己的，另一幅为女房东所有，这女人几乎已彻底失明，但却能凭着敏锐的嗅觉来去如风。女房东的是一幅棕色风景画，上面画了一头站在小湖中央的驼鹿。这畜生一脸优越神情，简直令伊诺克不堪忍受，倘若不是有些怕它，没准儿他早就做下手脚了。其结果是，无论做些什么，他总也避不开那张洋洋自得的面孔，那面孔总是神情木然，不惊不喜：不惊，因为无事可惧，不喜，因为无事可乐。即使他寻遍天下，抑或再也找不出比这头驼鹿更令人不爽的室友了。他极尽能事，心中不断涌出对这畜生的贬降之词，而真要开口说起话来，他便会一次比一次小心谨慎。驼鹿被镶在棕色画框里，粗大的画框上饰有树叶状纹路，这一切更衬托出它的气势与自得神情。伊诺克知道，时机已到，自己该做点儿什么了。他不晓得这屋里究竟要发生些什么，而果真要发生什么时，他也不愿相信一切都受了驼鹿的操控。此时，他终于有了准备充分的对策：凭着直觉，他突然意识到，摘掉它的框子，就等于扒了它的衣服（尽管它没穿衣服）。这想法的确不错，等他将设想付诸于实践，那畜生只落得一副落魄模样，伊诺克斜眼望去，不由得心中窃喜。

计划完成后，他将注意力转向另外两幅图画。这是两幅日历封面画，是希尔托普殡仪馆和美国橡胶轮胎公司赠给他的，其中一幅画的是一个小男孩，他身穿蓝色"丹顿医生"睡衣裤，正跪在床上口称"祝福爸爸"，窗外月光如水，照进屋内。这幅画是伊诺克最为心仪的，就挂在他的床头上方。另一幅是一位穿着橡胶轮胎的姑娘，挂在驼鹿对面的墙壁上。这幅画他留着没动，确信驼鹿只是假装没有看见罢了。处理完图画，他即刻外出一趟，买来一幅印花棉布窗帘，一瓶金粉，外加一把油漆刷子，这些东西花完了他所有的积蓄。

这让他颇感失落，他本想拿这些钱为自己添几件新衣来着，可这会儿却用来买了窗帘之类，至于为何要瓶金粉，回到家里他才明白了原因。到家以后，他在盥洗台前坐了下来，将存放污水桶的柜子打开，用金粉将里面细细刷了一遍，此时他已经意识到，这柜子真的要派些用场了。

不到一定时候，伊诺克从不烦扰他那充满智慧的血液，要它为自己出谋划策。他也不是那种一有机会便会喋喋不休地提出这样或那样建议的家伙，但凡遇到重大问题，他总是乐于等待确定事实的出现，就像是这一次，他也一样的等待，确信只消几天工夫，他便能明白一切。此后大约一个礼拜，他体内的血液每天都在悄悄酝酿，只是偶尔才停下来向他发出些号令。

就在那个礼拜一，他一觉醒来便深信不疑，今天终于到了弄清真相的时候。他周身血液奔涌，就像个女主人，等客人上门后才赶着打扫屋子，于是他变得性情乖戾，难以自持。而当他意识到今天便是期盼已久的日子，他反而决定不急于起床了。他不想去验证老爸的血液，不想总是强迫自己去做那些别人希望他做的事情，那些他没弄明白且总是充满凶险的事情。

自然，他的血液不会容忍诸如此类的心态，于是，他九点半便赶到了动物馆，只比规定时间晚了半个小时。整整一个上午，他都无法做到心无旁骛，无法集中精力看好大门，而是跟随着自己的血液四处游走，仿佛一个拎着拖把和水桶的孩子，东洒一下，西戳一把，一刻也无法消停。接班的门卫刚一到来，伊诺克便头也不回地径直朝城里赶去。

城里是他最不乐意待的地方了，因为那里什么事情都可能发生。一直以来，他每次总是一边往城里赶去，一边寻思如何一下班便溜回家去上床睡觉。

赶到商业中心区时，他已是筋疲力尽，只得靠在沃尔格林的橱窗上让自己平静下来。他汗流浃背，浑身瘙痒难当，没过几分钟，便不自觉地在玻璃上蹭来蹭去。橱窗比他身材高出两倍，里面摆满了闹钟、花露水、糖果、卫生巾、自来水笔、袖珍手电筒之类的货品，在他身后构成了五光十色的背景。他懵懵懂懂，朝着一处发出震耳欲聋响声的地方摸去，响声从一个亭子中央传来，亭子不大，正好通向杂货店。这里摆了一台钢和玻璃做成的机器，上面涂着黄色和蓝色两种颜料，不经意的，机器砰然一声，将爆米花喷进一口盛着盐和奶油的大锅。伊诺克靠上前去，摸出钱包往外掏钱。说是钱包，其实就是一只灰色皮质小口袋儿，顶端系着一根束带。这是他从老爸那里偷来的，一直当宝贝留在手里，其原因是，他本人除外，这该是身上唯一一件老爸曾经碰过的东西了。他挑了两个五分镍币递给一个男孩，男孩脸色苍白，穿了件白围裙，那机器就是由他侍弄的。只见他在机器中间探了一圈，将爆米花装满一只白纸袋，这当儿，他的目光始终没有离开过伊诺克握在手里的钱包。换了别的日子，伊诺克没准儿会和他交个朋友，可今天他满腹心事，都没有多看他一眼。他接过纸袋，将钱包塞回原处，男孩的目光一直瞄向那口袋边沿，无不忌妒地说道："这玩意儿看着真像个猪尿泡。"

"我该走了。"伊诺克嘟哝一声，匆匆忙忙地进了杂货店。他心不在焉，先是来到店铺后边，然后顺着另一处通道回到了铺子前端，仿佛一个走失的孩子盼着大人能尽快找到自己。他在冷饮柜台前停下脚步，想在这里坐下来吃些东西。柜台上铺着红绿两色的仿大理石油毡，柜台后面站着一位身着黄绿色制服、外罩粉红色围裙的红发女郎。她眼睛碧绿，衬在粉红色脸蛋儿上，与身后那张特卖一毛钱的"劲爆酸橙-樱桃果汁"海报可谓是相得益彰。

她与伊诺克相向而立，他则越过她的脑袋端详着那张海报。过了片刻，她将酥胸拥上柜台，抱起手臂等候在那里。伊诺克一时乱了阵脚：这几种饮料，究竟该选择哪一种呢？最后，她从柜台下面端出一杯"劲爆酸橙-樱桃果汁"，这才算解救了僵局。"错不了的，"她说，"早饭后刚调制的。"

"我今天要出事。"伊诺克道。

"告诉过你错不了的，"她说，"今天刚调制的。"

"我一早醒来就知道了。"他说，目光如梦如幻。

"我的上帝。"她一边说，一边将那杯饮料从他面前猛地撤走，转过身去，噼里啪啦把各种原料搅合一番，然后砰的一声，将一杯与刚才那杯一模一样不过更新鲜的饮料放在他面前。

"我该走了。"伊诺克说完，便匆匆离开柜台。从爆米花机旁边经过时，他看到一只眼睛仍在盯着自己的口袋，但他并没有停下脚步。我不想干的，他自言自语道，无论是什么，我都不能干，我要回家，再说，那一定是我不想干的事情，肯定和我毫无瓜葛。他忽然想到，自己所有的积蓄居然全都花在了窗帘和金粉上，而他原本想给自己买件衬衫和一条夜光领带来着。"那件事肯定是违法的，"他自言自语道，"我可不要干。"然后他在一家影院门前停下脚步，眼前一张大型海报上，一只怪物正将一个女人塞进焚尸炉。

这片子我是不要看的，他一边说，一边紧张地往上瞧了一眼。我要回家，我可不想等在这里看什么电影，再说我也没钱买票。他掏出钱包，我都懒得去数里面还剩下多少零钱了。

就剩四毛三了，他说，买票是不够的。海报上说，成人票要四毛五，楼座票三毛五，楼座我是不要去的。他一边说着，一边掏出钱来买了张三毛五的票。

我不会进去的，他说。

两扇门突然打开，他身不由己地朝一处长长的红色门廊挤了过去。来到一条幽暗的通道，他爬到上面一条更加幽暗的通道，走了一阵，又爬上怪物咽喉部位的上方，四处摸索着寻找座位。这片子我是不要看的，他气恼地说。他只喜欢彩色音乐片，别的什么片子都不屑看的。

第一部片子演的是一位名叫"眼睛"的科学家，他能通过远程操控实施人体内外科手术：早上一觉醒来，你会看到自己的心胸、脑袋、腹部或别的什么部位有个细细的刀口，看到你身体上的某个不可或缺的物件竟然不翼而飞了。伊诺克帽子压得很低，膝盖抬得很高，挡住了整个面孔，只将一双眼睛死死地盯着银幕。影片持续了一个小时。

第二部片子讲的是恶魔岛监狱的故事。影片刚刚放映，伊诺克便双手抓紧了椅子扶手，以免从面前的栏杆上跌落下去。

第三部片名为《朗尼归来》，讲述的是狒狒朗尼从着火的孤儿院救出一群可爱的孩子的故事。伊诺克一心盼着朗尼浑身能燃起熊熊烈焰，可它显然烫都没有烫着一下。影片结尾处，一个漂亮的小姑娘送了它一枚勋章。伊诺克实在忍无可忍，便猛地冲向走道，跳下高处的通道，飞也似的跑出红色门廊。来到了街上，清新的空气迎面而来，他随即瘫了下去。

清醒过来的时候，他正靠着墙壁坐在那里，已不再去思考逃避责任的事。此时夜幕降临，他感到那无法避开的事实压得他几乎喘不过气来，他已经彻底认命。他靠在墙上，约莫过了二十分钟，他站起身来，沿街走去，仿佛一段无声的旋律在引导着他，仿佛一阵只有狗耳朵才能听到的口哨声在引领着他。整整走了两个街区，他停下脚步，注意力被引向街道对过，在那里，在街灯下面，正停着一辆鼠灰色轿车，车子前端的引擎盖上，站着一个头戴白色礼帽的黑色人影，那人影双臂上下翻飞，瘦弱的双手舞个不停，几乎和那顶礼帽一样惨白。"黑泽尔·莫茨！"伊诺克喘着粗气，心脏仿佛一只失控的钟摆，猛烈撞击起来。

车子附近，人行道上站着几个人。伊诺克此时尚未得知黑泽尔·莫茨业已创立无基督教会，而且每晚都会走上街头进行布道，自从带他看过玻璃柜中那具干尸后，伊诺克就一直就没看见过他。

"倘若你们果真得到了救赎，"黑泽尔·莫茨高声喊道，"你们自然会在意救赎这种事，可你们并不在意。看看你们的内心吧，假如你们得到过救赎，是否宁愿这一切不曾发生。被救赎者永远得不到内心的宁静，"他继续喊道，"我为内心的宁静而布道，我为永保宁静和无忧的无基督教会而布道！"

停在车子附近的两三个人正朝着另一个方向走去。"离开吧！"黑泽尔·莫茨嚷道，"尽管离开吧！你们都不在意真理。你们听着，"他指着剩下的人说，"你们都不在意真理。假如你们果真被耶稣救赎过，你们感觉有什么区别吗？果真得到过救赎，你们就不会无动于衷，你们的眼睛也不会东张西望，要是有三个十字架，耶稣被钉上中间一个，那么对于我和你们来说，这个钉着耶稣的十字架和另外两个并没有任何区别。你们听着，你们需要的是可以取代耶稣的东西，是能够明明白白告诉你什么是真理的东西。无耶稣教会不需要耶稣，但却不能没有基督！它需要一个全新的基督！它需要一个不会白白浪费自己鲜血的凡人基督，需要一个与众不同但你们可以抬头望他的人。让我拥有一个凡人基督吧，你们这些芸芸众生。给我一个新的基督，你们就会看到无基督教会将要怎样大展宏图！"

又一个围观者走开，现场只剩下两人。伊诺克不知所措，呆立在大街中央。

"告诉我这位新的基督在哪儿，"黑泽尔·莫茨喊道，"我将在教内树立他的地位，他将让你们看到真理。当其时，你们将彻底明白，你们并没有得到过救赎。把这位新的基督给我吧，目睹他的风采，我们每一个人都将会得到拯救！"

伊诺克喊叫起来，但却发不出一点儿声音，整整一分钟，他就这样喊啊叫啊，而与此同时，黑泽尔·莫茨也还在喋喋不休。

"看着我！"黑泽尔·莫茨扯着喉咙喊道，"看着我这个内心宁静的人！我内心宁静，因为我的血液让我获得了自由。接受你血液的忠告，加入无基督教会吧。也许有人能带给我们一位新的基督，目睹着他的风采，我们每一个人都将会得到拯救！"

伊诺克嘟嘟囔囔，发出一连串无法听懂的声音。他想要大声吼叫，体内的血液却阻止了他，于是只能小声嘀咕道："听我说，我找到他了！我是说我能找到他的！你知道的！就是他！我带你看过的，你亲眼见过他的！"

体内的血液提醒他，上次见到黑泽尔·莫茨的时候，他曾用石头砸过他脑袋来着。再说，他还不知道该如何把那东西从玻璃柜里弄出来。他只是晓得，他已在家里为那东西备好了藏身之地，只等黑泽尔方便时将其取走。他的血液提出建议，倒不妨给黑泽尔·莫茨一个意外惊喜，于是便退回身去，退到大街对面，走过一段人行道，来到另一条大街，险些撞在一辆出租车上。司机从车窗里探出脑袋问道：你没长眼睛吗？怎么走路的？

此时此刻，伊诺克正心事重重，哪有工夫考虑这样的问题。"我要走了。"他嘟哝一声，匆匆离去。

第九章

　　一直以来，霍克斯回到屋里总要将门闩上，每天黑泽尔三番两次过来敲门的时候，这位曾经的福音传教士便将女儿打发出去让他带走，随后又立即将门闩上。他感到十分光火，因为黑泽尔总是在楼里荡来荡去，时不时找些借口，闯进屋来盯住他的面孔，他常常喝得酩酊大醉，实在不想让人看到自己这等模样。

　　黑泽尔弄不明白，这位传教士为何总也不欢迎他，见到他这种迷失灵魂的人，难道他就不该尽一尽传教士的职责吗？他总是绞尽脑汁，想再次进入他的房间，可他发现，就连那扇够得着的窗子也都给锁上了，帘子更是拉得严严实实，要是可能的话，他真想看看那副墨镜后面究竟何等模样。

每次他来到门前，只要那女孩一出来，门就会立马从里闩上，接着她便像膏药似的黏上自己。她跟他出得楼来，朝车子走去，然后爬进车里，一路上败尽他驾驶的兴致，或是随他来到楼上，没短没长地坐在那里。他早已放弃勾引她的念头，而只想保护好自己不要被她勾引。他外出已经一个礼拜，那天夜里，他刚刚入睡，她便出现在自己屋里，手里拿了一只燃着蜡烛的果冻杯，瘦削的肩膀上披着一件拖到地上的女式睡袍。黑泽尔迷迷糊糊睁开眼时，她都快要摸到床边了，等完全清醒过来时，他惊得噌地从被子底下窜到了屋子中央。

"你要干吗？"他问。

她没有理他，烛光下，那副阔嘴咧得更宽了。他站在那里，气恼地瞪她片刻，然后一把抓住椅子，举过头顶，好似要朝她砸将下去。她磨蹭一会儿便溜了出去。门上没有门闩，于是他将椅子顶在把手下面，又回到床上。

"听着，"她回到自己屋里，说道，"没用的，他差点儿用椅子砸我了。"

"过几天我就离开了，"霍克斯说，"我走以后，还想有饭吃的话，你最好设法把事儿搞定。"他又醉了，可话是当真的。

黑泽尔的设想没有一样是顺风顺水的。他每晚都要外出布道，但教会会员仍只有他老哥一个。他原想迅速聚集一大批教众，靠一己之力让瞎子心服口服，可终了一个追随者也没弄到。说来也有过一位来着，但那不过是场误会。那是个十六岁的男孩，头一次去逛窑子，想让人陪着，那地点他也知道，可就是想找个经验老到的一同过去。他听人提到黑泽尔，就找上他缠着不放，等他布道结束，便过来邀他同往。可一切都是误会：完事儿以后，黑泽尔求他加入教会，还说要请他做个门徒乃至使徒。男孩说他很抱歉，但的确不能成为教会会员，因为他是个堕落的天主教徒，还说适才的作为实在犯下了弥天大罪，还说再要死不悔改，他们将永远受到惩罚，永远无法见到上帝。逛窑子之事，不同于男孩，黑泽尔实无兴致可言，而且白白浪费了半个晚上，于是他大声嚷道，罪恶、审判之类的事情压根儿就不存在，而男孩只是摇了摇头，问他明晚是否乐意陪他再去。

假如黑泽尔相信祈祷的话，或许早已求得一个门徒了，问题是他不相信，所以只有焦虑不安的份儿了。然而两天后的一个晚上，他的门徒竟现身了。

那天晚上，他在四家影院门前布道，每次抬起头来，都会看到一张大脸在冲着他微笑。那人有些肥胖，满头卷曲的金发，鬓角修得时髦，引人注目；他身穿一套黑色西服，上有银色条纹，脑袋上扣了顶宽边白色礼帽，脚蹬一双收得很紧的黑色尖头皮鞋，没穿袜子。他看去像是当过牧师，现在做了牛仔，或以前是个牛仔，眼下成了殡仪师。他长得并不怎样，只是那笑容下面透出一种诚恳的神情，就像是一副假牙，和他那张面孔匹配得很是到位。

　　黑泽尔每次看他，那人都会朝他眨眨眼睛。

　　在当晚布道的最后一家影院门前，除了那个男的，还多了另外三个听众。"你们这些人在乎真理吗？"他问，"通向真理的唯一道路就是亵渎，你们在乎吗？对于我说的话，你们是要表示些兴趣，还是要和其他人一样一走了之？"

　　三个听众当中有两男一女，女的肩头趴着一个长着猫脸的婴儿。她一直在盯着黑泽尔，看样子像是把他当成了集市上的小摊贩。"哎，走吧，"她说，"他没词儿了，我们走吧。"她转身离开，两个男的也随她而去。

　　"要走就走，"黑泽尔道，"但不要忘了，真理不会藏在大街的每一个角落。"

一直跟着他的那个男人急忙走上前来，拉住黑泽尔的裤腿，对他眨着眼睛喊道："喂，快回来，听听我的故事吧。"

那女人扭回头来，他冲她频频微笑，好像早已被她的美貌打动似的。她长了一张红艳艳的四方脸，头发是刚做的。"可惜这手头少把吉他，"男人道，"有了音乐，没准儿咱能把好听的故事讲得更好听了。要说那耶稣的事儿，总得有点儿音乐才好，您说是也不是，我的朋友们？"他望着两个男的，仿佛想要博得他们的嘉许。那两人一样的打扮，头戴棕色毡帽，身穿黑色西服，看上去像是同胞兄弟。"听我说，朋友们，"这位门徒掏心掏肺地说，"两个月前我才遇到这位先知的，那以后我就像换了个人。之前我在这世上没一个朋友，您可知道没个朋友啥滋味吗？"

"就是有了朋友，要是趁你不防在你背上捅上一刀，那不更倒霉嘛。"年纪大的微微动了动嘴唇说道。

"朋友，你这话说到点子上了，"男人道，"可惜没有工夫，要不真想让你再说一遍，也好让大家都能听到，就和我一样。"电影结束了，更多的人围拢过来。

"朋友们，"那男人指着站在车上的黑泽尔说道，"你们对这位先知很感兴趣，这我晓得，有耐心的话，各位就听我讲讲他和他的思想对我的影响吧。别挤别挤，就是花上一个晚上，我也要待在这里给大家讲个清楚，说个明白。"

黑泽尔微微伸着脑袋，站在原处一动不动，仿佛无法相信自己的耳朵。

"朋友们，"那人道，"先做个自我介绍吧。本人奥尼·杰伊·霍利，我自报家门，以便各位查对，看看我这人是否是在扯谎。我是个布道的，这一点有没有人知道都无所谓，我只想告诉各位，不要相信你们心中感觉不到的任何东西。我说那些边儿上的，往前靠靠，免得听不清楚，"他说，"我不是在搞推销，我要白白送你们些东西！"此时，四周已聚集了一大波人。

"朋友们，"他说，"要是两个月前，恐怕你们谁都认不出我的。两个月前，这世上我没有一个朋友，您可知道没个朋友啥滋味吗？"

一个声音大声说道："就是有了朋友，要是趁你不防在你背上捅你……"

"我说朋友们，"奥尼·杰伊·霍利打断了那个声音，"这世上要是没个朋友，该有多么可怜，多么孤独，这种事情吧，男人女人都是一样！我本人就遭遇到了这样的不幸。当时我万念俱灰，打算上吊自尽，因为就连我亲爱的老娘都不爱我了，倒不是我这人内心缺少善良，而是我压根儿就不懂得如何向别人表示与生俱来的善良。每个人来到世上，"他挥着双臂继续道，"一开始都是充满善良和爱意的。朋友们，哪怕是个小孩子，他都爱每一个人的，他与生俱来都是善良的，可是不幸的事情发生了，朋友们，不幸的事情发生了。你们都是聪明人，我无需多费口舌，你们也能明白到底发生了什么事情。那小孩慢慢长大，忧虑和苦恼随即出现，于是他对别人表现出的善良也就越来越少，因为他所有的善良都被困在了内心深处。于是，朋友们，那孩子开始感到痛苦，感到孤独，感到厌倦，他不禁问道：'我的善良哪儿去了呢？爱我的朋友又都去了哪儿呢？'他不知道，自始至终，那朵备受摧残却从未凋谢的玫瑰一直就藏在他的内心深处，可外表上，他却变成了卑鄙孤独的人。他这时要么会想到自杀，要么会取了你我的性命，要么会变得万念俱灰，朋友们。"他娓娓道来，带些鼻音的声调里充满了哀伤，然而却始终面带微笑，如此一来，听众们就会相信，他已然熬过了自己所经历的苦痛，如今已经到了超然物外的境界。"这就是在我身上所发生的一切，朋友们，这一切都是事实，"说着他双手抱在胸前，"所以两个月前，我时刻都在想着，要么上吊自杀，要么彻底沉沦，竟然不知道自己的内心其实充满了善良，就像所有人一样，不知道我只是需要些东西让这善良表现出来。我需要的只是一点帮助啊，朋友们。"

"接着我就遇到了这位先知，"他指着站在车上的黑泽尔继续道，"那是两个月前的事了，朋友们，当时我听说他要设法帮我一把，听说他在宣扬无基督教教义，听说该教会正要寻找一位新的基督，这位新的基督能让我展示内心的善良，也让所有人都能够尽享这样的善良。要是两个月前，朋友们，你们看到的决不会是我现在这个样子。我爱你们所有的人，我希望你们听听我和他的宣讲，希望你们加入我们的教会，加入无基督圣教，这个新的教会拥有新的基督，加入这个教会，你们也能像我一样得到救助。"

黑泽尔探下身子。"这人在扯谎，"他说，"我今天晚上才见到他的，两个月前我还没有开始布道，这个教也不是无基督圣教！"

男人对此置之不理，众人也同样置若罔闻。此时周围已聚起了十几个人。"朋友们，"奥尼·杰伊·霍利说，"你们看到了现在的我，而不是两个月前的我，我真的为此感到由衷的高兴，要是两个月前，我根本不可能为这个新的教会和这位先知作证。可惜我没带把吉他，不然这一切会讲得更加生动明了，日后我一定百尺竿头，加倍努力。"他笑容极是迷人，但显而易见的是，他明白自己并不比别人，甚至也不比过去的自己强多少。

"现在我只想和大伙儿讲上一讲，讲讲各位可以信任这个教会的原因，"他说，"朋友们，首先你们可以相信，这个教会和国外没有任何瓜葛，你们不必相信任何自己不懂或不赞同的东西。如果你真的不懂，就说明其中有诈。朋友们，一切就是这么回事，没什么神秘可言。"

黑泽尔再次探下身子。"亵渎才是通往真理的途径，"他说，"你懂也好，不懂也罢，除了亵渎，再没别的出路！"

"好啦，朋友们，"奥尼·杰伊·霍利说，"至于你们为什么绝对可以相信这个教会，我就来说说第二个原因：这个教会是按照《圣经》建立的。没错，先生！是按照你们每个人所理解的《圣经》建立的，朋友们。你们尽可以坐在家里，对《圣经》想怎么理解就怎么理解。就是这样的，"他说，"就这样去做，学着耶稣的样儿。哇，要是带了那把吉他该有多好。"他发着牢骚。

"这人在扯谎，"黑泽尔说，"今晚上我第一次见他。第一次……"

"理由足够了，朋友们，"奥尼·杰伊·霍利说，"不过我的确还可以再加上一条：这个教会可是最前卫的！一旦入会，你们就会明白，没有任何人比自己更前卫了，也没有任何事情比你知道的更前卫了，你不了解的别人决不会知道，一切都清清楚楚，摆到了台面上，朋友们，一切可都是门儿清了！"

那顶白色礼帽下，黑泽尔的脸上浮现出凶狠的神情。他刚要再次开口，奥尼·杰伊·霍利突然一惊一乍地指向那个软绵绵地趴在女人肩头的戴着蓝色童帽的婴儿。"瞧呀，瞧瞧那个孩子，"他说，"那缩作小小一团的孩子，多么善良，又多么无能为力。唉，我知道你们都不情愿，不情愿看着那小小的孩子就这样长大，看着他就这样将善良锁进内心，而他原本能够把善良展现出来，原本能够获得友谊、赢取爱心的，这也是我希望你们全部加入无基督圣教的原因。各位只消花上一块钱，可一块钱算得了什么？几个角子而已！远不够用来开启你内心深处那一朵善良的玫瑰呢！"

"给我听着！"黑泽尔吼道，"了解真理不需要花钱！花钱是无法知道真理的！"

"听到先知的话了吧，朋友们，"奥尼·杰伊·霍利说，"一块钱真没多花。要认识真理，花钱再多也不算多！喏，各位想要入会的，就请过来在我口袋里的小本本上签上大名，亲自交一块钱给我，然后让我们再握个手吧！"

黑泽尔从引擎盖上溜了下来，随即钻进车里，猛地踩下启动器。

"喂，等一下！"奥尼·杰伊·霍利喊道，"还没记下这些朋友的名字呢？"

每当夜晚来临，艾塞克斯便会出现抽筋的毛病，常常会前行六英寸，再后退四英寸，此时那抽筋的毛病已接二连三地犯了好几次，不然黑泽尔早就跑得无影无踪了。他只好双手紧握方向盘，免得被甩出挡风玻璃，或给抛到后座上去。过了一阵，车子不再抽搐，而刚刚滑行二十多英尺，老毛病再次发作起来。

奥尼·杰伊·霍利面孔紧绷，将一只手放在脸的一侧，仿佛只有这样才能够留着上面的一丝笑容。"我得走了，朋友们，"他匆忙说道，"不过明晚我还要回来的，这会儿我得追赶先知去了。"说完便飞奔而去，几乎是同时，艾塞克斯又开始往前滑动，要不是它再次停了下来，他根本是追不上的。

他跳上脚踏板，拉开车门猛地钻了进去，气喘吁吁地坐到黑泽尔旁边，说道："朋友，我们刚损失了十块钱，干吗这么急？"他瞧着黑泽尔，面带微笑，露出半口牙齿，而那一脸的神情表明，他内心深处的确感到十分痛苦。

黑泽尔扭过头去，盯着那满脸笑容，突然，男人堆满笑意的面孔竟被一下子甩上了挡风玻璃，一阵抽搐后，艾塞克斯平稳地向前驶去。奥尼·杰伊·霍利掏出一块淡紫色手帕，放到嘴上捂了一会儿，手帕移开后，笑容重又回到脸上。"朋友，"他说，"这件事你我得联起手来。第一次听你开口讲话，我就这么说来着：'呀，这可是位头脑了不得的伟人哩。'"

黑泽尔头也没扭一下。

奥尼长吸一口气，问道："哎，知道第一次见你我想到谁了吗?"等了一阵，他轻声道："朋友，那可是耶稣基督，还有亚伯拉罕·林肯。"

黑泽尔蓦地收起脸上的表情，满面怒容道："你扯谎。"他声音很低，几乎无法听清。

"朋友，怎么能这样说呢?"奥尼道，"哎，我在电台主持过一个节目，整整三年，我给所有的家庭传授真正的宗教体验。那节目叫《魂兮安兮》，每次一刻钟，内容包括'心境'、'心音'和'心态'，你听过吗? 我这人布道可拿手了，朋友。"

黑泽尔停下艾塞克斯，说道："滚下去。"

"喂，朋友!"奥尼说，"怎么这样说话呢! 我是牧师，电台明星，这绝对没错的。"

"滚下去，"黑泽尔一边说着，一边伸手推开了车门。

"真没想到，你对朋友会是这样，"奥尼说，"我只想问问那位新基督的事儿。"

"滚下去，"黑泽尔说完，把他向门外推去，推到座位边沿，手上猛一使劲，奥尼整个身子跌向车外，朝路上摔去。

"真没想到朋友会这么对我。"他埋怨道。黑泽尔抬起腿来，把男人一条腿从脚踏板上踢开，随后关上车门。他踏下启动器，车子毫无动静，只听屁股底下传来一阵噪音，那噪音像极了干涩的喉咙发出的咕噜声。奥尼从路上爬将起来，站在车窗旁边问道："告诉我一声，你说的那位新基督现在哪里？"

黑泽尔连踩几次启动器，但车子仍是不见动静。

"把阻风门拔掉，"奥尼建议道，一边再次爬上脚踏板。

"没有阻风门。"黑泽尔怒吼道。

"没准儿发动机漏油，"奥尼说，"不如这样，我们一边等人，一边聊聊无基督圣教吧。"

"我这教是非基督教会，"黑泽尔说，"你这种人我看够了。"

"朋友，凭你加上多少个基督，要是不增加新义，还不是换汤不换药？"奥尼有些委屈地说道，"你真该听我劝的，我这人不是外行，真的是行家里手。要想在宗教方面有点儿作为，得让人爱听才行。没错，你点子很好，可总得找个内行合作一下吧。"

黑泽尔忙得不亦乐乎，一会儿使劲踏下油门，一会儿猛地踩动启动器，但车子仍是毫无动静。此时，街上几乎空无一人。"我们从后面推一下吧，让它停在路边儿好了。"奥尼建议道。

"又没求你帮我来着。"黑泽尔说。

"朋友，你知道的，我真想见识一下这位新基督，"奥尼道，"这主意真是妙不可言，以前还从没听说过，眼下要做的也就是宣传一下而已。"

黑泽尔想要发动车子，将整个身子压在了方向盘上，可仍是毫无动静。他跳下车子，绕到后面，动手将其朝路边推去。奥尼也从脚踏板上跳下来，绕到车后，想助他一臂之力。"实不相瞒，我也想到过新基督来着，"他说，"我也是看明白了，新的总要比旧的时髦一些。"

"你把他藏在哪儿了，朋友？"他问道，"你天天都能见到他吗？我真想会他一会，听听他都有什么高见。"

两人将车子推到一处停泊位。车子无法锁上，黑泽尔有些担心：这儿离他住的地方太远，夜里没准儿会给人偷走的。别无他法，便只好留在车里过夜了，于是爬到后面的座位，拉上了流苏窗帘。奥尼将脑袋从前面探了进来，说道："你不必担心，我就想见识一下这位新基督，不会从你手里夺走的。不妨说给你听，朋友，这对我的精神世界会大有裨益的。"

黑泽尔移去横在座位上的长条木板，为自己的床铺腾出更多空间。车里备有枕头和军用毛毯，椭圆形车窗下面放着咖啡壶和固体酒精炉。"朋友，让我见见他吧，付你点儿钱都行。"奥尼提议道。

"听着，"黑泽尔说，"给我走开，你们这帮人，我真是瞧够了。实话告诉你，压根儿就没有新基督这门子事，也就是个说道罢了。"

笑意渐渐从奥尼脸上淡去。"你这是什么意思?"他问。

"我的意思是，压根儿就没有这等事或这种人，"黑泽尔说，"不过是个说道罢了。"奥尼脑袋仍在车里，但黑泽尔毫不理会，抓住车门把手就要关上。"这东西压根儿就不存在!"他叫道。

"这便是你心智上的问题了，"奥尼咕哝道，"就知道图个嘴上痛快，根本拿不出证据来。"

"霍利，头给我缩回去。"黑泽尔说。

"我本名胡佛·萧茨，"脑袋夹在车门里的家伙咆哮道，"我刚见到你就知道，你就是个疯子。"

黑泽尔把车门开大一些，以便用力把它碰上，胡佛·萧茨趁机迅速将脑袋抽了出去，不料拇指却夹在了里面。听到一声几近撕心裂肺的惨叫，黑泽尔立即打开车门，松开他的拇指，随即哐当一声重新把门带上。他拉下前面的车帘，躺在车子后部的军用毯子上，这当儿，车外人行道上，胡佛·萧茨一边上蹿下跳，一边嗷嗷乱叫。叫声渐渐平息，黑泽尔听到有人朝车子跟前走了几步，接着，一个气急败坏的嗓音隔着铁皮传了进来："咱们走着瞧，朋友，我要砸了你的摊子，我要自己搞个新耶稣，再花点儿小钱弄几个先知，听到了吗？朋友你听到了吗？"

　　黑泽尔没有吱声。

　　"是的，明天晚上我要亲自去那里布道，你这种家伙，还真要有人竞争竞争，"那声音继续说，"你可听清楚了，朋友！"

　　黑泽尔起身靠向前排座位，伸手擂了擂喇叭，艾塞克斯随即发出一声怪响，仿佛山羊的笑声骤然被电锯锯断。胡佛·萧茨触电似的跳了开去。"好吧，朋友，"他站在十五英尺开外，颤巍巍地说道，"你等着，咱们后会有期。"说完便转过身去，沿着寂静的大街走开了。

待在车里约莫一个小时，黑泽尔的感觉糟透了：他梦见自己虽然没有死去，却给人活生生埋掉了；他没有焦急地等待末日审判，因为从来就没有末日审判，他什么也不要等待；透过椭圆形的后窗，各种眼神都在盯着他此时所面临的境况，有的充满敬意，仿佛来自动物园的那个男孩，有的只是呆愣愣看着；三个手拿纸袋的女人用挑剔的眼神审视着他，仿佛将他当成了一块鱼肉，仔细盘算着是否值得购买，但过了一阵，女人却径自走开了；一个头戴帆布帽的男人往车里窥视一番，然后将拇指放在鼻子上冲他扭动了几下；接着，一位牵着两个男孩的女人停在车外，先是咧嘴朝车内打量片刻，然后将两个男孩支到一边，冲着他比划了一阵，那意思像是想要爬进来陪他一会儿，见无法穿过玻璃，便只好悻悻走开了；这当儿，黑泽尔一直想要钻出车去，但试来试去却毫无办法，于是索性不再来回折腾，这一刻，他多么希望霍克斯能手提扳手出现在椭圆形车窗旁边，可那瞎子始终不见踪影。

终于，他总算从梦中醒来，心想此时该是早晨了吧，结果却发现仍是午夜时分。他吃力地爬到前座，轻轻踩下启动器，艾塞克斯随即悄没声息地向前滑去，好像压根儿就不曾发生过任何故障。他驾车返回住处，但并没有上楼回到自己的房间，而是站在大厅里注视着瞎子的房门。他走了过去，将耳朵凑近锁孔，只听里面传来了呼噜声。他轻轻转动把手，门却纹丝未动。

有生以来，他第一次产生了撬锁的念头。他摸摸口袋，想找件称手的家伙，但摸来摸去，只摸到一小截自己偶尔用作牙签的铁丝。大厅里灯光黯淡，不过做这样的事已是绰绰有余。他在锁孔前跪了下来，小心翼翼地将铁丝捅了进去，尽量不弄出任何响声。

他连续试了五六种手段，过了一阵，门锁轻轻咔嗒一声。他哆嗦着站起身来将门打开，一时呼吸急促，心里狂跳不止，仿佛才从遥远的地方一路狂奔来到这里。他先在屋里站了一会儿，等眼睛完全适应室内的黑暗，才缓缓移向铁床，立在旁边。此时，霍克斯正四仰八叉躺在床上，脑袋从床沿耷拉下来。黑泽尔在他身边蹲下身子，划着一根火柴，凑近他的面孔。他蓦地睁开双眼，两双眼睛相互注视良久，直到火柴熄灭。黑泽尔脸上先是一片茫然，接着现出若有所思的样子，随即重又变得迷茫起来。

"现在你该滚了吧，"霍克斯声音短促而沙哑地说，

"现在我可以安生了吧。"说着便挥手朝黑泽尔脸上击去，但他并未得手。黑泽尔缩回脑袋，白色礼帽下，那张脸神情木然，他旋即从房间里消失，不见了踪影。

第十章

次日晚间，黑泽尔将艾塞克斯停在奥德翁剧院门前，然后爬上车头开始布道。"各位请听我讲一讲本人及本教所代表的意义吧。"他站在引擎盖上高声呐喊。"请待上一分钟，听我说说真理的事情吧，你们以后或许再也无法听到了。"他站在那里，挺着脖子，伸出一只手臂，在面前轻轻画出一道弧线。见此情状，两个女的和一个男孩停下了脚步。

"我要宣扬的是，我们拥有各种各样的真理，你有你的真理，别人有别人的真理。但在所有这些真理背后，则只有一条真理，那就是根本不存在任何真理，"他喊道，"本人及本教所宣扬的，即是一切真理背后并不存在任何真理！你所来处了无踪影，你将去处无迹可寻，你所在处毫无意义，除非你能与其彻底脱离。意欲安身立命，你将何往？无可往也。"

"身外本在身外，何来栖身之所？"他继续道，"你无需仰望天空，因为天空将不会为你洞开，亦不会为你指明安身立命的所在。你也无须于大地之上寻找任何洞口以求窥得门径。不论过去或将来，你都无从抵达父辈所生活的岁月，如果你有子嗣，你也无法到达他们所处的时代。在你的内心，此时此刻便是你所拥有的一切。假如有堕落一说，假如有救赎之事，假如你指望任何形式的末日审判，都请到你的内心去寻找吧，因为这一切的一切，都只能在你自己的时代及身体上觅得，然而这一切又存在于何时何处呢？

"耶稣何时何处拯救过你呢？"他喊道，"我看不到，指给我看吧。假如耶稣曾经在哪里拯救过你，那必定是你的安身立命之所，可谁又能寻找得到呢？"

另一波人走出了奥德翁剧院，其中两位停下脚步望着他。"谁说这一切不过是你的良知而已？"他叫道，一边神情凝重地环顾一下四周，仿佛能够嗅出哪位心中有此想法。"所谓良知不过是骗人的把戏，"他说，"你以为有良知这种东西，其实它并不存在。假如你真的以为良知的确存在，那你最好将其公开，显现出来，然后穷追猛打，直至将其置于死地，因为良知不过就是你的镜中之相，或是身后之影。"

他讲得那么聚精会神，竟没有注意到，一辆鼠灰色高顶轿车已然绕着这个街区行驶了三圈，车里的两个男人正在寻找停车的地方。他没有看到，有辆车刚从离他两个车位远的地方开走，而鼠灰色轿车就在那里停了下来。他没有看到，胡佛·萧茨和另一个男人从车里钻了出来，那男人头戴白色礼帽，身穿一套亮得刺眼的蓝色西服。过了一阵，黑泽尔扭头朝着那个方向望去，只见身穿蓝色西装、头戴白色礼帽的男人已经站在了引擎盖上。那人神情憔悴，瘦弱不堪，他不禁吃了一惊，竟差一点儿忘记了宣讲，他从未想过，自己有朝一日也会成为这个样子。只见那人胸部塌陷，脖子伸出老长，两只胳膊垂在身体两侧，呆愣愣站在那里，好像生怕错过了某种等待已久的暗示。

胡佛·萧茨在人行道上踱来踱去，不时拨弄几下吉他上的琴弦。"朋友们，"他喊道，"我给介绍一下这位真先知吧，希望各位都来听听他的宣讲，我想他的话会让所有人感到幸福的。"假如黑泽尔的注意力没有全然集中在引擎盖上那个男人身上，假如他留意到了此时的胡佛，他那一脸的惬意定会令他过目难忘的。他从自己车上溜了下来，朝前走近一些，目光始终没有离开那个可怜的身影。胡佛·萧茨举起手来，竖起两根指头，见此情状，那男的立即拖着浓重的鼻音单调地喊叫起来："没有得到拯救的赶快拯救自我吧，新耶稣这会儿就站在眼前！等着瞧吧，奇迹就要出现！加入无基督的基督圣教，拯救你自己吧！"他稍微加快了语速，用完全一样的腔调重又喊叫一遍，接着便咳嗽起来，那痨病似的咳声来自身体深处，随着一阵长长的喘息，一股白色液体从嘴角流出。

黑泽尔站在一个肥胖女人旁边。过了一会儿，她转过脸来看了他一眼，随即又扭过头去盯着那位真先知。她碰了碰他的肘子，咧嘴问道："你们俩是双胞胎吗？"

"如果你不去穷追猛打，将其置于死地，它就要对你穷追猛打，把你置于死地。"黑泽尔答道。

"嗯？你在说谁？"她问。

他转过身去，钻进车里开走了。女人一直看着他。等他走后，她碰了碰身边另一个男人的肘子，说道："这人疯了吧，他们这种自相残杀的双胞胎，我还从没见过呢。"

回到房间时，安息尔·霍克斯正待在他床上。她满脸忧郁不安，缩成一团蹲在床的一角，一只胳膊抱着双膝，另一只手抓住床单，好像死活也不要放开似的。黑泽尔坐了下来，漫不经心地瞟她一眼。"你就是拿桌子砸我，我也不会在乎，"她说，"我不走了，也没地方可去。他丢下我跑了，是你赶他走的。昨天晚上我看见你进去了，看见你用火柴照了他的脸。我原本以为，用不着点着火柴，也早该有人看清他本来面目。他就是个骗子，连个大骗子都算不上，不过是个微不足道的骗子手。等他干得厌烦了，他还会沿街乞讨的。"

黑泽尔弯腰去解鞋带。那是双旧军鞋，已被他漆成黑色，以免引起当局注意。他解开鞋带，轻轻脱下鞋子，低着脑袋坐在那里，她则陪着小心望着他。

"你要打我吗？"她问道，"要打就动手吧，我反正不走了，也没处可去。"他看上去并不想要动手，倒像是打算就那么一直坐下去，死也不要起来了。"听我说，"她连忙换了语气道，"第一眼见到你，我就对自己说，这人我要定了，哪怕是不能得到他的全部。我说，丫头，瞧着那双核桃似的眼睛就能让人发狂！那单纯的眼神里藏不住丁点儿东西，他和我一样，肮脏下流到了骨子里，要说有啥不同，那就是我喜欢干那种事，而他不。的确不错，先生！"她说，"我喜欢干那种事，也可以教你怎么去喜欢它的。你难道不想学学吗？"

他微微侧过脑袋，看到身后那张瘦削平庸的小脸乐开了花，一双眸子闪着莹莹的绿光。"不错，"他表情依然冷酷地说，"我是想学学。"他站起身子，脱去外套、长裤和内裤，放到直靠背椅上，然后将灯熄灭，再次坐到床上，除去袜子。他将又大又白的双脚放在地上，感觉湿腻腻的。他坐在那里，望着地上那两个白色的轮廓。"快点儿！抓紧时间。"她说道，一边拿膝盖轻轻敲击他的脊背。

他解开纽扣，脱掉衬衣擦了把脸，便随手丢在地上，然后将双腿贴着她的身体钻进被子。他坐在那里，仿佛在回忆一件往事。

她呼吸急促起来。"快摘掉帽子，你这野兽之王。"她粗暴地说，一边抬手从他脑袋后面抢过帽子，一把抛进了黑暗的房间。

第十一章

次日，时近中午，一个身穿黑色雨衣的男子正贴着墙根沿后街快步如飞。他头戴浅色礼帽，帽子压得很低，几乎遮没了面孔，帽檐也使劲拉到竖起的雨衣领口。他怀里抱了个东西，婴儿大小，用报纸裹得严严实实，此外，他还带了把深色雨伞。天空阴晴不定，灰蒙蒙的，仿佛老山羊的脊背。他戴了一副墨镜，蓄着黑色胡须，眼力好的一看便知，那胡须并非自然生成，而是拿别针别在帽子两侧的假胡须。他一路前行，雨伞不时从臂弯处滑落下来，绊了双脚，像是要阻止他去往什么地方似的。

行了不到半个街区，大颗大颗的油灰色雨珠噼里啪啦滴落在人行道上，几乎是同时，身后的天空响起了刺耳的雷鸣。他拎起雨伞和那包东西，夹在腋下奔跑起来。顷刻之间，暴雨劈头而来，他急忙躲进一家杂货铺的两个橱窗之间，站在贴了蓝色和白色瓷砖的门口避雨。他将墨镜往下拉了拉，镜框上方露出伊诺克·埃默里那双浅色眼睛，此时他正匆忙赶往黑泽尔·莫茨家。

此前他从未去过黑泽尔·莫茨的住处，但他对引领自己的直觉深信不疑。包裹里是他在博物馆让黑泽尔看过的东西，那是他昨天偷到手的。

当时，他将脸和双手涂了棕色鞋油，这样一来，即使有人瞧见，也会被当作黑人的。接着，趁警卫酣睡之际，他偷偷溜进博物馆，用那把从房东家借来的扳手砸开了玻璃柜。他浑身颤抖，大汗淋漓，将那具男尸从柜子里取出塞进纸袋，再从沉睡中的警卫身边悄悄爬了出去。出了博物馆，他立刻意识到，既然没被发现，人家便不会以为窃贼是一个黑人男孩，如此一来，他现在这个样子很快就会成为怀疑对象，于是只得将自己装扮一番，安了假胡子，戴了副墨镜。

回到自己的房间，他将新耶稣从纸袋里取出，几乎不敢看上一眼，便匆匆放进涂过金粉的壁柜，然后坐在床沿，等待某种事情发生。他知道一定会出点儿什么事儿的，他整个身心都在等待那种事情的到来。他深信，那将是自己生命中的决定性时刻，但除此之外，他丝毫不知那一切究竟会是什么。他想象着，事情结束后，他整个人将会焕然一新，他的品格也将会比现在好上许多。就这样，他呆愣愣坐在床边，一刻钟过去了，但什么事情也没有发生。

他坐在那里，又等了约莫五分钟。

他突然意识到，该采取第一步行动了，于是站起身来，轻手轻脚走到柜子跟前，蹲下身子，稍候片刻，伸手将柜门开了一条缝，朝里望去。过了一阵，他小心翼翼，把柜门开大一些，将整个脑袋探了进去。

又过去一些时间。

在他身后，只有鞋底和裤子臀部还露在外面。房间里一片死寂，连街上的噪声也听不到一丝一毫，仿佛整个宇宙都不再运转，连跳蚤也不见了踪影。就在此刻，壁柜里突然传出一阵巨大的流水声，随即又传来骨头撞击木块的声音，伊诺克抱住脑袋，跌跌撞撞向后退去。他在地板上坐了好几分钟，脸上满是惊恐的神情。刚一开始，他还以为那干尸在打喷嚏，但过了片刻，才终于明白，是自己的鼻子出了问题，于是抬起袖子擦擦鼻涕，又坐在地板上愣了一会儿。他的神情表明，一种颇令人不悦的意识正向他慢慢袭来。过了一阵，他突然抬腿朝柜门踢去，新耶稣随即被关在里面。接着他站起身来，使劲嚼着一个糖块，好像和那块糖结了仇怨似的。

第二天不用上班，他一直睡到上午十点，接近中午时，他才动身去寻找黑泽尔·莫茨。他想起了安息尔·霍克斯告诉他的地址，而那也正是直觉引导他要去的地方。天气很糟，他竟要如此度过一个休息日，想到这里，他不禁心情郁闷，满腹牢骚。尽管如此，他还是想让这个新耶稣尽快脱手，这样的话，即使警方一旦要追捕盗窃犯，抓住的也该是黑泽尔·莫茨，而不是自己。这样一个萎缩的死矮子，说黑不黑，说白不白的，浑身涂了防腐剂，整天臭气熏天地躺在博物馆里，他实在闹不明白，自己干吗要为这么个东西铤而走险。他真的弄不明白了，这着实让他感到郁闷。他寻思着，一个耶稣也好，两个耶稣也罢，谁也不会比谁强到哪里去。

雨伞是从房东那里借来的，此时他站在杂货铺门口，正要将伞打开，才发现这把伞已老旧不堪，和那位女房东至少年岁相当。雨伞终于撑开，他往上推了推墨镜，再次一头扎进了滂沱大雨。

十五年前，这把伞就丢弃不用了，这也是房东愿意出借的唯一原因。雨水刚碰到伞面，随即便哗啦一声倾泻而下，直逼脖颈。他撑着雨伞，才跑出几英尺远，就只得退到另一家商铺门口，将伞从头顶移开合上。而再想撑起时，却不得不将伞尖顶在地上，用脚使劲将其踹开。他又一次冲了出去，抬手握住伞骨下端，让伞保持撑开状态，如此一来，那把形如猎犬脑袋的伞柄便时不时的朝他肚子上戳来。就这样，他沿着街区跑了一程，冷不防的，背后那一半伞布突然脱离伞骨翻了上去，顷刻之间，暴雨径直灌进了他的领口，他只好躲到一家影院的遮檐下面。这天是礼拜六，售票亭前，一群孩子正歪歪斜斜地排成一队站在那里。

　　伊诺克不太喜欢孩子，但孩子们平时好像总爱盯着他看。队列打了个弯儿，几十道目光饶有兴趣地向他直射过来。此时，那把伞已弄得丑陋不堪，伞面一半翻了上去，一半耷拉下来，那翻上去的一半也在慢慢脱落，将更多的雨水灌进衣领。见此情景，那些孩子乐得哄然大笑，不住地欢跳。伊诺克朝他们瞪了一眼，随即转过身来，一边往下拉了拉墨镜。不经意的，他看到面前出现一张海报，上面画了只大猩猩，同实物一般大小。大猩猩头顶上方印着一行红色大字："刚加！丛林大王、超级明星亲临现场!!!"大猩猩膝盖旁边，还写着下面的内容："今天中午十二点，刚加将亲临本影院门前！敢于上前与之握手者，前十名免费。"

每当命运之神抬腿给他一脚时，伊诺克通常都会将心思移向别处。四岁那年，父亲从监狱回来，给他带回一只铁盒，铁盒是橙色的，上面印着花生糖图案和几个绿色文字："傻瓜吓一跳！"伊诺克刚一打开，一卷钢片儿从里面迎面弹来，硬生生敲碎了两颗门牙牙冠。以往的生活中，诸如此类的事情实可谓数不胜数，因此，在这个危机四伏的时代，他似乎早应该变得更为敏感一些。他站在那里，将海报上的文字细细读上两遍，心里想到，真是天赐良机，何不趁机将那只出尽风头的猴子好好羞辱一番。他心中不禁再次充满对新耶稣的崇敬之情，顿时觉得自己终究即将得到回报，那个期盼已久的重要时刻就要到来了。

他转过身去，向身边的孩子打探时间，一个孩子说，都十二点十分了，刚加十分钟前就该到了。另一个孩子说，刚加迟到也许因为天在下雨。第三个孩子道，不是因为下雨，刚加的导演从好莱坞赶来，这会儿还在飞机上。伊诺克咬了咬牙。头一个孩子告诉他，要是想和明星握手，他就得和别人一样排队等候，于是伊诺克站到了队列后面。有个孩子问他多大了，另一个孩子则注视着那两颗滑稽的门牙。他对此尽量不理不睬，动手收拾起雨伞来。

几分钟后，一辆黑色卡车转过街角，冒着大雨沿街缓缓开了过来。伊诺克把雨伞夹在腋下，眯起眼睛，透过墨镜望了过去。卡车渐渐驶近，车里的留声机开始播放康康舞曲，但乐声几乎整个儿被雨声湮没了。卡车外面贴着一位金发女郎的巨幅照片，那是张电影广告，与大猩猩毫无干系。

卡车停在影院门时，孩子们仍在认认真真地排队等候。卡车颇像一辆囚车，后门装有栅栏，然而栏杆旁边却看不见大猩猩。两个身穿雨衣的男人钻出驾驶室，一面骂骂咧咧，一面跑到后面打开车门，其中一位将脑袋探进车里说："好了，快点儿行吗？"另一位则向孩子们晃着拇指道："退后退后，退后点儿行吗？"

卡车上，录音机里传过来一个声音："刚加到了，伙计们！咆哮的刚加，大明星刚加！给刚加来点儿掌声，伙计们！"大雨滂沱，那声音几乎成了喃喃细语。

候在车门外的男人再次探进脑袋，说道："行了，快出来吧。"

卡车里先是传来一阵轻微的咚咚声，随即出现一条毛茸茸的黑色手臂，那手臂刚刚触到雨水，又急忙缩回到车里。

"该死，"躲在影院遮檐下的男人骂道。他脱掉雨衣，扔给候在车门口的家伙，那家伙随手又将雨衣丢进车里。过了两三分钟，大猩猩总算出现在门口，只见它雨衣衣领直直竖起，扣子一路扣到下巴，脖子上面还耷拉着一根铁链。那男人抓起铁链，将大猩猩拽了下来，然后三步并作两步，一起来到影院遮檐下。售票亭里，一个慈眉善目的女人正为前十名敢于上前握手的孩子准备免费入场券。

大猩猩对那些孩子不理不睬，跟着男人径直来到大门的另一端，那里有一处小台子，高出地面约一英尺。它走到台上，转身面对孩子，发出一阵吼，那吼声虽然不大，也并不十分刺耳，却仿佛来自一颗黑暗之心。伊诺克吃了一惊，要不是身边挤满了孩子，他恐怕早就溜之大吉了。

"谁先上来？"男人问道，"快点快点，哪个先上？

先上来的免费。"

孩子们毫无动静。男人盯着他们吼道:"你们这些小鬼,到底咋的啦?胆小了吗?只要我抓着这根链子,它伤害不到你们的。"说着他把铁链抓得更紧一些,朝台下丁零当啷晃了一阵,好让孩子们看清他抓得何等牢固。

过了一阵,一个小女孩分开人群,来到距离那位明星约莫四英尺的地方。她满头长长的刨花似的鬈发,一张小脸呈三角状,看上去凶巴巴的。

"好的好的,"男人说道,一边将铁链晃得哗啦作响,"快点快点。"

大猩猩伸出手来,迅速和她握了一下。这时,另一个小姑娘也走上前来,然后是两个男孩儿,队列跟着重新组合,向前移动。

大猩猩始终伸着手臂,一边扭过头去,心烦意乱地望着外面的大雨。伊诺克已不再感到恐惧,此时正绞尽脑汁,发疯似的寻思用什么样的污言秽语才能把这家伙彻底羞辱一顿。通常来说,此类即兴似的创作对他而言可谓是信手拈来,可此时此刻,尽管他绞尽脑汁,却仍旧一无所获,脑海里始终是空空如也。羞辱性的词句原本是天天挂在嘴边的，但这会儿就是想不出一星半点儿来。

前面只剩下两个孩子，见第一个孩子握过手后退到一边，伊诺克不禁心中一阵狂跳。紧挨着他的那个孩子也握过手退到一边，只留下他老哥一个人独撑大局。大猩猩机械地抓着了他的手。

自从伊诺克来到该市，这该是人家主动向他伸出的第一只手了，这手多么温暖，又多么柔软。

他抓住这只手，呆立片刻，随后便前言不搭后语的结巴起来："我叫伊诺克·埃默里。我上过那个罗德米尔童子圣经学校。我已经在城市动物园上班了。我看过你两部片子。我才十八岁呀，可我已经在城里上班了。我老爸硬是逼我……逼我……"说着说着，声音竟哽咽起来。

那大明星微微俯下上身，目光里现出了异样神情：一双眯缝着的丑陋的人眼越凑越近，此时此刻，正透过赛璐珞镜片瞅着伊诺克。"下地狱去吧！"从特制的大号猩猩服下面，传出来一个乖戾、低沉而清晰的声音，几乎就在同时，那只手也猛地抽了回去。

伊诺克顿时感到莫大的羞辱，他痛苦难当，绕了三个来回，才总算找对方向，不顾一切地冲进了滂沱大雨。

赶到安息尔家那幢楼房时，他已是浑身湿透，腋下的包裹也已经湿淋淋的。他死死地抓着包裹，心里却想着尽快脱手，从此再也不要见到它了。黑泽尔的女房东站在门廊上，用疑惑的目光盯着暴雨中的情景。问明黑泽尔的房间，他随即爬到二楼。门半掩着，他将脑袋探了进去，只见黑泽尔正躺在床上，眼上蒙了一块毛巾，脸上裸露的部分苍白而扭曲，仿佛在忍受着永无休止的苦痛。安息尔·霍克斯坐在窗边的饭桌旁，正在化妆镜里打量自己。伊诺克在墙上挠了几下，她闻声抬起头来，放下镜子，蹑手蹑脚出了房间，随手关上屋门，然后朝大厅走去。

"我男人今天不舒服，正睡着呢，"她说，"他昨天一夜没有合眼。你想干啥？"

"这可是给他的，不是给你的，"伊诺克说着，将湿淋淋的包裹递了过去，"他一个朋友托我带来的，里面是什么我也不晓得。"

"我会看好的，"她应道，"放心好了。"

伊诺克急于找人羞辱一番，不然他心里就无法得到片刻安宁。"我压根儿就不晓得，他和你竟有这么一腿，"他一边说，一边意味深长地瞟了她一眼。

"我走到哪儿，他就跟到哪儿，"她说道，"男人有时就这个德性。你果真不晓得这里面包了什么？"

"我该走了，少管闲事为好，"他说，"只管交给他，他会明白的。告诉他我会替他守口如瓶的。"说完，他便朝楼下走去，走到一半，又意味深长地望了她一眼，说道："他总拿毛巾盖在眼上，我晓得是为什么了。"

"你只管装聋作哑好了，"她道，"谁要问你来着。"听到前门砰的一声关上，她翻开包裹，细细查看起来。从外表来看，还真看不出个名堂来：衣服不会这么硬，机器什么的也不会这么软。于是她在包裹一端弄破了个洞，发现里面并排放着五颗干豌豆似的东西，只是大厅实在太暗，她无法看清究竟是什么。她决定将包裹拿进光线充足的浴室，交给黑泽尔以前，她非要打开看个明白不可。假如他果真像自己所说的那样病得不轻，就不该在乎包裹之类的东西了。

那天早上，他当众声称胸口痛得厉害，说是头天夜里就开始咳个不停，而且是那种剧烈的干咳，一挪动脚步就要咳个没完没了。但她可以肯定的是，他只是想尽

178

力让她滚蛋罢了，他只是想让她相信，他的确病得不轻。

"可他没有病的，"她一边走向大厅，一边自言自语道，"他只是还不太习惯和我待在一起。"她回到屋里，坐在绿色浴缸边上，解开包裹绳子，喃喃说道："可他会习惯我的。"她扯下湿漉漉的报纸，随手丢在地上，然后坐在那里，一脸惊愕地盯着膝盖上的东西。

早在两天前，新耶稣就让人从玻璃柜里偷了出来，但这并没有让他的情况有所改观：脸的一侧已给弄得稀烂，脸的另一侧，眼皮早已开裂，里面渗出了灰白色粉末。好一阵子，她只是神情茫然，呆呆地坐在那里，实在弄不明白那东西到底怎么回事儿。足足十分钟，她只是呆愣愣地坐在那里，心里空落落的，沉浸在某种似曾相识的感觉里。这小矮人，她以前从未见过，但在她所有的相识中，每个人又都不乏他身上的某些特征，仿佛他们已融为一体，化成了同一个人，然后被人杀戮、压缩和风干。

她把他举高一些，细细查看起来，过了一会儿，双手渐渐适应了那皮肤的触感。于是，她将他搂进臂弯，低头打量那紧绷绷的面孔，头发已有些凌乱，她帮他梳好展平。他嘴巴撞得歪向一边，可怖的脸上挂着一丝浅淡的笑意。她把他抱在怀里轻轻摇着，脸上也浮现出一样的笑容。"啊，"她柔声细语道，"你好漂亮，好可爱，你说是吗？"

他脑袋服服帖帖地依偎在她胳肢窝里。"你妈妈爸爸是谁呢？"她问他。

话刚问完，她心里立刻就有了答案，于是禁不住一声轻呼，坐在那里咧嘴笑了起来，眼里露出愉悦的神情。过了一会儿，她说道："哎，咱们去吓他一跳吧。"

伊诺克·埃默里哐的一声带上前门时，黑泽尔就已经吓了一跳，从梦中惊醒。他坐起身来，见她不在室内，急忙跳起来去穿衣服。他心里有个想法，就像当时决定买车一样，这想法事先毫无征兆，也是在梦中突然产生的：他要搬到别的城市去，那里的人对无基督教会闻所未闻，他要到那里去布道。在那里，他打算再租个房间，另找个女人，他要心无旁骛地重新开始一切。这想法完全可以变成现实，因为他有车子，想去哪里，那车子马上就能神不知鬼不觉地把他带到哪里。他望着停在窗外的艾塞克斯，滂沱大雨中，它是那样威风凛凛。他没有看到下雨，看见的只有他那辆车，有人问他的话，他肯定不知道天在下雨。他浑身顿时充满了力量，离开窗子，穿好衣服。这天早些时候，他第一次醒来，觉得像是耗尽了精力，仿佛胸膛再也生不出些微能量来，这一夜，整个胸腔仿佛要塌陷下去，体内仿佛洞开一个大口子。他听到自己在不停地咳嗽，那咳声像是来自某个遥远的地方。不久，他再次沉入了梦境，一觉醒来，便有了这样的计划，有了立即实施这一计划的力量。他从桌子底下拎起那只军用行李袋，将其他物品一件件塞了进去。东西原本不多，而且有些已经在里面了。他小心翼翼，用一只手整理着行囊，始终不去触碰压在下面的那本《圣经》，几年来，它一直就躺在那里。他想为另一双鞋子扒出个位置，手指却突然碰到了一件长方形物件，掏出来一看，原来是装着母亲眼镜的那只盒子。他都忘了自己还藏着这副眼镜。他戴上眼镜，面前的墙壁拉近了许多，并随即波动起来。门后挂着一面镶了白框的小镜子，他走上前去，照了一下，由于激动，那模糊不清的面孔显得很是黯淡，上面布满了一道道深邃而扭曲的皱纹。小巧的银丝边眼镜衬托出一种异样的神情，那神情敏锐却有些偏移，仿佛要隐去藏在镜片背后某种不正当的念头。他神经质地打了几下响指，居然忘记适才打算做的事情。望着镜子中自己的面孔，他竟然看到了母亲的面容，于是连忙向后退去，抬手摘下眼镜，但就在此时，房门打开，视线里又飘过来两张面孔，其中一个说道："现在就叫我妈妈吧。"

这张脸下面，那小一号的黝黑面孔一直眯缝着眼，仿佛要辨认出想把自己置于死地的一位老友。

黑泽尔呆立在那里，一动不动，一只手仍在捏着镜架，另一只手则僵硬地举在胸前，脑袋向前伸着，好像要用整张脸才能够看个清楚。他离那些面孔约莫四英尺远，但好像就在他鼻子底下。

"去那边问你老爸，都病成了这个样子，还要跑到哪儿去？"安息尔说，"去问问他，干吗不带了你和我一起走？"

僵在空中的手臂伸向前去，想去触摸那张眯起眼睛的面孔，但什么也没有碰到，再次缓缓伸出，还是没能摸到，于是再一次猛地递出，抓起那具干尸朝墙上甩了过去。干尸脑袋破裂，体内的杂碎如细小的烟雾飘散出来。

"你摔碎他了！"安息尔喊叫道，"他可是我的！"

黑泽尔从地上一把抓起那副皮囊，打开那扇原本是逃生通道的偏门，将抓在手里的东西扔了出去。雨水迎面扑来，他猛地跳回屋内，一脸防备地站在那里，仿佛随时准备应对突如其来的攻击。

"非要扔出去不可吗？"她吼叫道，"我本来可以拾掇好的！"

他走近门口，探出脑袋，望着周遭灰暗模糊的景象。雨点噼里啪啦，砸向他的礼帽，仿佛砸到了铁皮上。

"第一次看见你我就知道，你这人又卑鄙又邪恶，"一个愤怒的声音从他身后传来，"我晓得的，你压根儿就不想让别人得到什么，我晓得你这人卑鄙得很，你连一个婴儿都敢往墙上撞，我晓得你压根儿就没有过快乐，也不想让别人有什么快乐，除了耶稣，你什么都不会在乎！"

他转过身来，凶巴巴地挥起一只胳膊，差一点一脚踏空，摔出门去。豆大的雨点噼噼啪啪打向镜片，打在他那涨得通红的脸上，帽檐上也挂满了亮晶晶的水珠。"我只要真理！"他吼道，"我知道的，你看到的那些都是真理！"

"都是牧师的口头禅，"她回敬道，"你想逃到哪儿去?"

"我看到的是世间唯一的真理!"他喊道。

"你到底想逃到哪儿去?"

"去另一个城市,"他声音嘶哑,扯着嗓子叫道,"去宣扬真理。无基督教会!我可以去那里,我有车子,我想去哪里……"他咳嗽起来,只得打住。说来也不像咳嗽,听上去仿佛从谷底传出的呼救声,但尽管如此,他还是给弄得脸色惨白,神情黯然,就像身后如注的暴雨,僵直而茫然。

"啥时候走?"她问。

"再睡会儿就走。"说完他摘下眼镜,扔到门外。

"你什么事儿也干不成的。"她说。

第十二章

　　鬼使神差的，伊诺克就是无法割舍心中那份期望，总想着新耶稣会做些什么来报答自己的苦心。伊诺克内心的期盼由两部分构成，即两份猜疑加一份欲望。事实上，那天他离开安息尔·霍克斯后，在接下来的时间里，这种期盼就一直萦绕在他的心头。至于想得到怎样的报答，他眼下还说不清楚，不过他可不是那种胸无大志的男孩：他想要出人头地，想要改善一下自己的现状，想做到尽善尽美。他想成为一个前程无量的青年，就像保险公司广告上宣传的那样。总之，他一直这么想着，想着总有一天，他会看到人们排着长队等着跟他握手。

　　整个下午他一直如坐针毡，待在屋里无所事事，一会儿啃啃指甲，一会儿撕扯起房东伞上残留的布条。终于，伞被他剥了个精光，连伞骨也被他全部折断，最后只剩下一根黑色棍子，棍子一头是尖利的钢刺，另一端是狗头形状的伞柄，这也许可用作某种过时的刑具吧，谁知道呢。伊诺克将棍子夹在腋下，不停地在房间里走来走去，心里想到，拿了这样东西，走在街上准能引来路人的目光。

晚上七时许，他穿上外套，拎起棍子，径直走向隔了两个街区的一家小饭店。他有种直觉，觉得这次出来是要赢得某种荣誉的，但尽管如此，他仍是心中惴惴，觉得这样的荣誉只能靠他动手抢来，而并非由别人授予。

他每次外出，动身前总要填饱肚子。这家馆子名曰巴黎食客，其实就是一段宽约六英尺的隧道，夹在一家擦鞋店和一家干洗店中间。伊诺克悄悄走了进去，爬上柜台旁边的凳子，要了一碗豆瓣汤，外加一份巧克力麦芽奶昔。

女服务员身量高大，满嘴黄板牙，黄色的头发套在黑色发网里。她一只手从未离开过臀部，另一只手用来写菜单。尽管伊诺克每晚都要光临，却始终无法讨得她半分欢喜。

她没有过来为他填写菜单，反而动手做起了煎培根。伊诺克之外，店里只有一位顾客，而且饭也早已吃完，这会儿正在浏览报纸。这样说来，那培根该是为她自己做的了。伊诺克凑上前去，用那根棍子戳戳她的臀部，说道："听着，我急着赶路，时间很紧。"

"赶就赶呗。"她答道，下巴动了动，全神贯注地盯着平底锅。

"瞧那儿，我来点儿蛋糕就行了。"说着他指了指圆玻璃架上那半块黄乎乎的蛋糕。"我该走了，要先吃点儿东西，就放那人旁边吧。"说完，他指了指正在看报的顾客，然后迅速绕过那些凳子，浏览起男人手中那张报纸的背面。

男人将报纸放低一些，抬眼望着他。伊诺克朝他笑了笑，男人又看起了报纸。"可以借张你没在看的报纸吗？"伊诺克问。那人再次把报纸放低，抬眼盯着他，目光浑浊而坚定。他不慌不忙地翻着报纸，抖出一版连环画递给伊诺克，这也正是伊诺克最喜欢的版面，每晚都会雷打不动地看上一遍。他一边吃着女服务员隔了柜台甩给他的半块蛋糕，一边看着漫画，内心不禁充满了善良、勇气和力量。

看完一面，他翻到另一面，开始浏览上面印得满满的电影广告。目光连续扫过三个栏目，他看到了一个方框，里面是丛林大王刚加的广告，上面写着刚加即将光临的影院和时间，说是半小时后将要抵达五十七大街的维克托里影院，这也将是刚加最后一次在本市与大家见面。

无论谁看见伊诺克此时的神色，都会发现他的表情发生了某种变化：漫画带来的兴奋之情依然历历在目，但兴奋之外，又分明多了一种幡然醒悟的神情。

就在这时，女服务员不经意地转过头来，看他是否还赖在店里。"你怎么啦?"她问，"让果核噎着了?"

"我晓得我想要什么了。"伊诺克喃喃道。

"我也晓得我自己想要什么。"她黑着脸说。

伊诺克一边伸手去摸棍子，一边把零钱放在柜台上，说道："我该走了。"

"我还留你不成。"她答道。

"你可能再也见不到我了，"他说，"我是说见不到我现在这个样子了。"

"管它什么样子，别让我再见到你就好。"她说。

伊诺克离开了饭馆。这一天空气湿润，令人惬意。人行道上，一个个小水坑闪着光亮，商店橱窗上水气弥漫，里面摆满了色彩艳丽的便宜货。他拐进一条边道，穿行于灯光黯淡的小巷里，偶尔才在某条巷子尽头停下脚步，迅速朝前后扫上一眼，而后又继续飞奔起来。维克托里影院坐落在附近一个小区，影院不是很大，只提供家庭式服务。他穿过一片片灯光明亮的地区，再穿过几条小巷和背街，径直来到影院周边的商业区，然后放慢了脚步。他终于看到，一个街区开外，维克托里影院在黑暗的背景下光彩夺目。他没有立即去到马路对面，只是远远地与影院保持着距离，一边向前走去，一边眯起眼睛盯着那灯光绚烂的去处。一直来到影院对面，他才停下脚步，钻进一幢楼房，躲到中间狭窄的楼道里。

载着刚加的卡车就停在马路对面，那位明星站在遮檐下，此时正和一个老太太握手。老太太完事儿后退到一边，接下来，一位身着马球衫的先生走上前去与刚加握手，那劲头十足的样子像极了运动健将。紧随其后的是个三岁左右的男孩，头戴高高的西部牛仔帽，帽子几乎遮住了整个小脸儿，男孩由着后面的队伍推推搡搡向前挪动。伊诺克满面妒容，站在那里望了一会儿。小男孩身后是一位穿着短裤的女士，接着是一位老者，为引人注意，老先生竟不顾体面，一边扭着舞步，一边向前移动。突然，伊诺克飞也似的穿过马路，悄悄溜进了卡车后门。

影片即将开始，握手表演终告结束，那位大明星回到卡车，人们鱼贯而行，进入影院。司机和活动主持人爬进驾驶室，卡车离开影院，迅速穿过市区，沿高速公路继续向前奔去。

车厢里响起一阵重击声，听上去，这声音并不像是大猩猩平时发出的，马达轰鸣，车轮嘎嘎，重击声很快就被淹没了。夜色苍茫，一片安宁，四周没有任何动静，只有猫头鹰偶尔发出的幽怨叫声，远处传来货运列车低抑的嘶鸣。卡车一路飞驰，直到一处铁道路口才放慢速度。车子咔嗒咔嗒，碾过铁轨，此时一个人影从车厢门口滑到地上，险些跌倒。他稳稳身子，一瘸一拐地匆忙朝林子奔去。

钻进幽暗的松树林，他先是放下那根尖头棍杖，再放下夹在腋下的那团硕大松软的东西，接着脱去自己的衣服，一件件叠好，依次摞在一起，然后捡起那根棍子，在地上挖了起来。

月光惨淡，照进幽暗的松树林。破碎的月光不时从人影上方掠过，伊诺克的面目渐渐显露出来。此时，他已面目全非：脸上添了道伤口，从嘴角一直延伸到锁骨，眼睛下方鼓起了肿块，看上去一副麻木迟钝的样子。但切不可信了这骗人的假象，事实上，此时此刻，伊诺克心中正鼓荡着极度的快感。

他手脚麻利，不停地挖着，终于挖出一个一英尺见方的深坑，接着，他将那堆衣服放了进去，站在旁边歇息片刻。埋掉衣服，并不意味着埋葬了往昔的自己，他只知道，这些衣服以后再也用不着了。喘了一会儿气后，他把挖出的泥土翻进坑里，用脚踩实。他发现，到了这会儿，自己竟然还穿着鞋子，于是活一干完，便脱下鞋来扔到远处。最后，他抓起那团硕大松软的东西，使劲抖动几下。

暧昧的月光下，只见两条细长的白腿相继消失，两只胳膊也渐渐没了踪影：取而代之的，是一个黑乎乎、毛茸茸的笨重身影。一瞬间，那身影长出一黑一白两颗脑袋，又一瞬间，前面白色脑袋已然套进后面黑色脑袋。接着，那身影一阵忙活，摆弄好藏在里面的纽扣、拉链，还有兽皮下面的那些零碎物件。

一切收拾停当，那身影一动不动，静静地待在原地。过了片刻，它咆哮起来，一边拍打前胸，蹿上跳下，一边伸长脖子，舞动双臂。起初，那咆哮声显得单薄，有些迟疑，继而便洪亮起来，低沉而凶狠，转瞬间，那吼声更加高亢，益发低沉而凶狠十足。蓦地，吼叫声戛然而止，那身影伸出一只手，像抓了什么似的使劲摇晃起来。就这样，它忽而将手抽回，忽而又猛地递出，手中虽然空无一物，却真的像是握住什么似的摇来摇去。重复了四五次，它捡起那根尖头棍杖，头朝上夹在腋下，离开树林朝高速公路走去。此时此刻，无论在非洲或加利福尼亚丛林，抑或在纽约那些世界上最精美的豪华公寓里，世界上的任何一只大猩猩，都没有比这只更快乐了，它的神最终奖赏了它。

　　公路旁的一块岩石上，一对男女紧紧依偎在一起，两人的目光越过空旷的山谷，俯视着远方的城市风光，谁也没看到那个毛茸茸的身影正向自己缓缓靠近。渐渐亮起来的天空下，烟囱和方形楼顶形成了一面凹凸不平的黑墙，时不时的，天上的云团便会被突兀而起的尖塔刺破。不经意间，那年轻男子转过头去，蓦然瞅见那只大猩猩，就站在几英尺开外，一身黑毛，面目可憎，此时正向他伸出手来。他从女人腰间轻轻抽回手臂，一声不响地溜进了树林。那女的刚一回头，便尖叫一声，顺着公路逃走了。大猩猩呆在原地，仿佛受了惊吓，伸出的手臂也很快垂了下来。它在两人刚刚坐过的岩石上蹲了下来，目光越过山谷，望着远方参差不齐的城市轮廓。

第
十
三
章

　　胡佛·萧茨带着雇来的先知，外出宣讲他的无基督的基督圣教，第二天晚上便净赚了十五块三毛五。先知效力一晚可得三块，包括租他车子的费用。他叫索雷斯·莱菲尔德，患有肺结核，养着一个老婆和六个孩子。对他而言，做个先知再乐意不过，从没想过这份工作还会有什么风险。外出布道的第二天晚上，他并未留意，半个街区开外，还停着一辆高顶鼠灰色轿车，车里一张惨白的面孔正死死地盯着自己，这意味着肯定要出事了，而且无论如何也是无法阻止的。

　　那张脸盯了他将近半个小时，而那会儿他就站在车子引擎盖上，每当看到胡佛·萧茨举手竖起两个指头，他就会起劲地表演一番。最后一场电影结束后不再有人围观,胡佛便付了酬金,和他一起钻进车子开走了。约莫行了十个街区,两人来到胡佛的住处,车子停稳后,胡佛跳了下去,说罢"朋友明晚见",便转身进了一个黑暗的门洞。索雷斯·莱菲尔德继续驱车前行,而就在他身后半个街区开外,一辆鼠灰色轿车正执着地尾随而来。开车的正是黑泽尔·莫茨。

两辆车同时加快了速度,不到几分钟,便朝着郊区方向飞驰而去。前面那辆车拐上了一条偏僻小道,路边的大树上挂满了青苔,周围唯一的光源便是从车上射出的几道光线,看上去像极了僵硬的触须。黑泽尔渐渐拉近了距离,随即突然加大马力,窜了出去,狠劲撞上了前面那辆车的尾部。两辆车同时停了下来。

黑泽尔将艾塞克斯倒了一下,与此同时,另一位先知也钻出车子,眯起眼睛站在刺目的灯光里。片刻之后,他走近艾塞克斯,从车窗朝里望去。周遭一片寂静,耳边只有蟋蟀和树蛙的叫声。"你要干啥?"他问道,声音有些紧张。黑泽尔没有吱声,只是死死地盯着他。他嘴角突然耷拉下来,似乎已察觉到,他和车里那人衣着竟如此相像,连长的都那么相似。"你要干啥?"他大声问道,"我惹你了吗?"

黑泽尔再次加大马力，猛地冲了出去，那辆车被撞向路边，跌进深沟。

那人也被撞翻在地。他爬将起来，转身朝艾塞克斯奔去，然后停在四英尺的地方，朝里张望。

"那玩意儿干吗要停在路上？"黑泽尔问。

"那车子好好的，"那人说，"你干吗要撞到沟里？"

"给我摘掉帽子。"黑泽尔说。

"给我听着，"那人说着，咳了起来，"你想干啥？别那么瞅着我。你到底想干啥！"

"你扯谎，"黑泽尔道，"干吗要爬到车上说你不信来着？你明明信的。"

"关你什么事儿？"那人气咻咻地说，"我想怎么着关你什么事儿吗？"

"为什么要这样？"黑泽尔说，"问你哪。"

"人总得为自己着想吧。"那先知应道。

"你扯谎，"黑泽尔说，"你信耶稣的。"

"信不信碍你事吗？"那人说，"干吗撞我的车？"

"给我摘下帽子，脱掉西服。"黑泽尔说。

"你听着，"那人道，"我可不想扮作你，西装他买的，我原来的衣服都扔了。"

黑泽尔伸手一把掀掉那人头上的白色礼帽，一边命令道："西装也给我脱掉。"

　　那人侧着身子走向马路中央。

　　"西装快给我脱掉！"黑泽尔叫道，随即发动车子朝那人开了过去。索雷斯一边奔跑，一边脱掉上衣外套。黑泽尔将脸贴近挡风玻璃，吼道："全部脱掉！"

　　那先知使劲朝前跑去。他扯下衬衣，解开皮带，边跑边动手扒掉裤子。他向脚上抓去，显然想脱掉鞋子，还没等够着，艾塞克斯已结结实实撞了上去，并从他身上碾了过去。开出二十来英尺，黑泽尔停下车子，倒了回去，再次从那人身上碾压过去，然后将车子停稳，钻了出来。艾塞克斯将那先知的半个身子压在下面，仿佛很是得意地守护着这个终于被自己弄翻在地的家伙。那人长得并不很像黑泽尔，此时他趴在地上，帽子和西装都已脱掉，鲜血从脑袋上汩汩流出。他身子一动不动，只有一根手指还在上下抖动，好像正为自己做着倒计时。黑泽尔抬脚踢了过去，那人喘息片刻，但没出声。"两样东西最让我受不了，"黑泽尔道，"一是喜欢扯谎，二是喜欢冒充。也怪你贪心，真不该在我身上打主意。"

　　那人挣扎着，想说些什么，但只是不停地喘息。黑泽尔蹲下身子仔细听了听。"我老给妈妈惹事儿，"他说道，喉咙里像是堵了气泡，"都没让她安顿过。那车是我偷来的，没对老爸说实话。啥都没给过亨利，从来都没……"

"闭嘴，"黑泽尔说着，又把脑袋靠近一些，听着他最后的忏悔。

"告诉他地儿，给他五块钱吧。"那人已奄奄一息。

"给我闭嘴。"黑泽尔说。

"耶稣……"那人说。

"我说了给我闭嘴。"黑泽尔道。

"耶稣帮我。"那人又是一阵喘息。

黑泽尔朝他背上狠命拍去，他总算安静了下来。他俯下身去，想听他还会说些什么，但他已然停止了呼吸。黑泽尔转身回来，查看艾塞克斯是否受损严重，发现车况还好，只是保险杠上弄了一些血迹。他用破布将血迹擦去，然后调转车头，朝着城里驶去。

次日一早，他从车子后边爬进前座，打算去加油站给艾塞克斯加满汽油，同时也把整个车子检修一遍，为自己的旅程做好准备。他没有回家，将车停在巷子里过了一夜，但却彻夜未眠，一直想着即将开始的生活，想着要到一个新的城市去宣扬自己的无基督教会。

　　到了加油站，出来接待他的是一个睡眼惺忪的白人男孩。他说想要加满汽油，让他检查一下油箱、水箱，看看轮胎是否漏气，告诉他自己打算出趟远门。男孩问他要去哪里，他说想去另一个城市。男孩问他是否要开着这辆车子走那么远的路程，他说没错，一边随手搡了搡男孩的衬衫前襟，问他是否明白，这么棒的车子，有什么好担心呢？男孩说他明白的，还说他也是这么认为来着。黑泽尔自报家门，声称自己是无基督教会的牧师，每晚都要站在这辆车上讲经布道，还说他这就要去另一个城市了，到了那里他还会继续讲经布道。男孩给车子加满汽油，查过水箱和油箱，还检测了四个轮胎，忙得不亦乐乎，黑泽尔则跟在后面唠叨个不停，告诉他相信什么才算没错，告诉他但凡看不见摸不着咬不到的都不足为信，告诉他几天前自己还相信亵渎神灵可以获得拯救，可既然你连神灵都不相信，亵渎神灵之事又怎么能信以为真呢。至于所谓的耶稣生在伯利恒，后被钉上十字架，为人类的罪孽而殉难之类的传言，黑泽尔说这种想法实在是大错而特错，头脑健全的人谁也不会信以为真。说着他提起男孩的水桶，猛地掼到水泥路上，借以强调他的话实非虚言。接着他开始咒骂、亵渎耶稣，语气平和，但信念如此坚定，那男孩听得入迷，不由得停下了手里的活计。检查完艾塞克斯，他说油箱上有个漏洞，散热器上有两处裂缝，还说慢速行驶的话，后胎或许还能跑上二十英里。

"听着，"黑泽尔道，"这车正当年，漏油漏水怕什么，照跑不误！"

"加水也没用，"男孩说，"会漏完的。"

"只管加你的。"黑泽尔说完，站在那里望着男孩把水加满，然后向他讨了张行车路线图，便钻进车里开走了，车子后面，淅淅沥沥，油和水洒了一路。

他快速驶上高速公路，但刚走几英里，便觉得心情并没有好到哪里去。公路两旁，一个个棚屋、加油站、路边旅馆以及666号公路里程牌依次掠过；接着映入眼帘的是那些废旧仓库，仓库墙壁上，"三喜牌"鼻烟广告几乎脱落；随后又看到一块令他很是不爽的牌子，牌子上写的是"耶稣为你而亡"。他真切地感到，车子下面，路在飞快地向后退去，他很清楚，乡村已然不在，但他不知道的是，另一座城市其实也并不存在。

开出去不到五英里，就听到车后传来了警笛声。他回过头去，只见一辆黑色警车跟了上来。警车开到近旁，一位巡警示意他将车子停在路边。那巡警一副红脸膛，看上去颇让人舒心，眼睛清澈如冰，很是精神。

"我没超速。"黑泽尔道。

"是的，"巡警应道，"没超速。"

"我靠右行驶的，没走错道。"

"嗯，是没错。"巡警说。

"你要干吗?"

"我就是讨厌你这副面孔，"巡警道，"驾照呢?"

"我看你也讨厌，"黑泽尔说，"没驾照。"

"嗯，"巡警语气温和地说，"我想你也不需要驾照了。"

"就是需要我也没有。"黑泽尔说。

"我说，"巡警换了种语气道，"劳驾把车子开到那个小山上好吗? 希望你从那里朝下看一看，我敢保证，你会看到有生以来最妙的一幕。"

黑泽尔耸了耸肩，但还是发动了车子，心想，假如眼前这位巡警想要找茬的话，他倒不在乎和他干上一架。他把车开到山顶，警车随着跟了过去。"喏，调过车头，对着路堤，"巡警叫道，"这样你会看得更清楚些。"黑泽尔调转车头，面向路堤。"我想你还是出来的好，"警察道，"到了外面，你还能看得更清楚些。"

黑泽尔来到车外，朝前望去。路堤顺山势而下，整个由红色黏土冲刷而成，落差约莫三十英尺。下面是一片草地，有些地方已被火烧过，一头矮小的母牛正躺在一处水塘边。从中间望去，远处有间棚屋，屋顶停着一只脊背隆起的秃鹫。

巡警转到艾塞克斯后面，一把将其从路堤上推了下去，母牛受到惊吓，趔趔趄趄爬了起来，随即一路狂奔，穿过原野，冲进树林。秃鹫拍动翅膀，飞向一块空地边沿的树梢。车子翻了个底朝天，没有甩飞的三只轮子还在打着空转，马达也被甩出车体，滚向远处，车子四周散落着各种零件。

"没了车子，自然不需要驾照了。"巡警一边说，一边在裤子上擦去手上的泥土。

黑泽尔望着眼前的情景，呆立了好几分钟。那一片林间空地，还有更远的地方，从他的眼睛，到空旷的灰色天空，一层深似一层，一直延伸到茫茫太空，此时此刻，这所有的画面似乎全部投射在他的脸上。他不禁双膝一软，瘫坐下去，两只脚耷拉在路基边沿。

巡警站在那里，直直地盯着他，说道："打算去哪儿？我可以搭你一程。"

过了一阵，他又凑近一些，问道："打算去哪儿？"

见对方没有应答，他俯下身去，双手按着他的膝盖，焦急地问："你不是要去什么地方吗？"

"哪儿也不去。"黑泽尔答道。

巡警蹲下身子，一只手扶上黑泽尔的肩头。"你要去什么地方的，不是计划好了吗？"他着急地问。

黑泽尔摇了摇头，仍是神情木然，甚至不曾转过脸来瞧上巡警一眼，仿佛那广袤的太空占据了他整个身心。

巡警起身回到车边，站在车门口望了望黑泽尔的礼帽和肩膀，然后说道："好吧，再会。"说完便钻进车子开走了。

过了一阵，黑泽尔站了起来，往回走去，整整三个小时后才到了城里。他走进一家店铺，要了只铁桶和一袋生石灰，然后拎起东西朝自己的住处走去。到了楼门口，他在外面的人行道上停下脚步，打开石灰袋，倒一半在桶里，随后来到前门台阶旁的水龙头前，将铁桶注满了水，接着便走上台阶。此时，女房东坐在门廊上抱着一只小猫在晃悠。"你这是要干啥，莫茨先生?"她问道。

"弄瞎自己。"他说完便回到了屋里。

女房东又坐了一会儿。她不是那种会掂量话里轻重的女人，对每一句话从来都只会从字面上去理解。还有，她也决不会把自己给弄瞎，假如情况糟糕到如此地步，她倒宁可去自杀，可让她不解的是，还真有人和她反其道而行之。换了自己，干脆就把脑袋伸进烤炉，或是悄悄服下足够剂量的安眠药，然后毫无痛苦地死去，本来嘛，事情就应该这样了结的。也许因为莫茨先生长得实在太丑了吧，不然的话，他还能有别的理由想要把自己弄瞎吗? 像她这样的女人，有这么好的视力，决不会容忍自己变成瞎子的，果真成了瞎子，她倒宁可一死了之。她突然又想到，没了性命，不也一样没了眼睛吗? 她目不转睛地望着前方，有生以来，她还是第一次面对这样的情景。她想起了"永恒的死亡"，这可是牧师们的口头禅了，但她很快又将其抛到脑后，脸上波澜不惊，和怀里那只猫一样。她既无宗教狂热，也无精神变态，每天都为自己的好运充满了感恩。她相信，谁要是有了这样的怪癖，那他什么事情都能做得出来的，比如莫茨先生就是这样，不然他也不会成为牧师的。他会把石灰揉进眼里去的，她对此深信不疑，只要你了解事实真相，你就会知道，他们这种人都有些心智失常。无论是谁，头脑清醒的话，该有什么理由能让他决心不再继续享受美好人生了呢？

　　她自然是说不清道不明的。

第
十
四
章

　　然而在她心中，这一问题却总也挥之不去，因为弄
瞎眼睛后，黑泽尔依然住在她楼房里，而每天看到他，
这个问题总是又一再出现在她的脑海里。她告诉他说，
他不能在她这儿住下去了，因为他总是不肯戴上墨镜，
而她也不喜欢瞅见他那两只不堪入目的眼窝，或至少她
觉得自己是不喜欢的。每次他在身边，她总要设法想点
儿别的，否则就会情不自禁地凑上前去盯着他那双眼
睛，仿佛想要探出些以前从未看见过的东西。她为此颇
为不安，总觉得他在欺骗自己，心里藏着什么见不得人
的秘密。每天她总要和他一起在门廊上坐上大半个下
午，但陪他坐在那里，和独自一人也没什么两样，他总
是沉默不语，除非有什么应景的话题。你早上问他点儿

什么，他或许下午才应上一句，又或许根本就不会应答。他主动多付她房钱，这样他也好继续租住下去，在这里，他晓得所有进进出出的道儿，她也决定让他留下，或至少先要弄清他如何欺骗了自己，然后再赶他离开。

他在战场上受过内伤，为此每个月都会收到政府发放的津贴，所以没必要出去工作。其支付能力让女房东很是服膺，发现他财富总是源源不断，她开始刨根问底，并很快查清这笔钱和自己有些干系。她觉得自己所纳的税金居然到了这世上所有废物的口袋，政府不仅将其送给国外的黑佬和阿拉伯人，还浪费在国内那些只会在卡上签字的盲眼傻瓜和白痴身上。于是，她认为自己有理由尽可能多的捞回一些，她甚至觉得，无论是钱，还是别的什么，自己都有理由尽可能多的捞回一些，就好像这整个地球以前都是她的，只是后来才让人给夺走了。但凡看见什么东西，她总是想着弄到手才好，最让她光火的，莫过于想到附近或许藏了值钱的玩意儿，而自己却一直蒙在鼓里。

她觉得，这瞎子该是能看见那些值钱玩意儿的，他脸上总是洋溢着特殊的迫切神情，那神情仿佛一直朝前冲去，追逐着远处别人无法分辨的东西，即使坐在椅子里一动不动，他仍是一脸拼命向前追去的样子。但她知道他已经彻底瞎了，见他将破布当作绷带绑上而又取下来时，她心里就更有底了。她仔细查看了很久，这已足以让她相信，他真的能说到做到，把自己给弄瞎了。他摘掉破布后，别的房客经过大厅，都会轻手轻脚，慢慢从他身边走过，一边尽量多花些时间打量他几眼，但到了这会儿，他们对他早已视而不见了，当然也有几位新入住的房客尚不清楚那是他自己干的好事。事实上，事情刚发生不久，霍克斯家的丫头就把消息传遍了整栋楼房。她亲眼见他弄瞎了自己，随后就跑遍了楼内的租户，大声讲述了事情发生的经过，所有房客闻讯后全都奔到了事发现场。女房东心里想到，人世间果真有狠心的女妖的话，这丫头也该算上一个了。一连纠缠他好几天，她便离开他走了，说自己不会指望一个不信耶稣的瞎子，而且她也想爸爸了，当初他弃她而去，是搭乘小艇走的。女房东则巴不得他这会儿已葬身海底，他还欠着她一个月的房租。不消说，两个礼拜后她又回来了，打算继续和他纠缠下去。她生来就像一只大黄蜂，嚷叫的嗓门能传出几条街去，而他却从来不开口说话。

女房东持家一向是有条不紊，她也这么告诉他来着。她告诉他说，那女孩要是和他同住，他就得付双倍租金，还说有些事她不会放在心上，而有些事倒要另当别论。她抱着膀子候在那里，非要等他把她的话琢磨出个味儿来。他仍是一言不发，数出三块钱递了过去。"莫茨先生，"她说，"那丫头可是冲你钱来的。"

"想要就拿去好了，"他说，"她拿了钱离开倒好。"

一想到自己的税款竟被拿来养活这种废物，女房东再也忍无可忍。"别介，"她脱口道，"她配得上吗?"第二天，她给福利机构打去电话，申请了一家少年教养院，结果女孩完全符合条件。

她急于知道，他每月到底能从政府那里拿到多少，支走那个女孩，她就可以随心所欲查明真相了。于是，当下一次在邮箱里发现政府寄来的信封时，她便用蒸汽加热打开封口后探了个究竟。几天以后，她义无反顾地提高了租金，此外，既然食品价格业已上涨，他不得不同意房东提高了搭伙费。尽管如此，她并没有摆脱那种上当受骗的感觉：除非有所图谋，除非他看见了什么东西，而那东西只有失明后才能够到手，否则他何以毁掉双眼却留下了性命？她决意要竭尽全力，把他的一切弄个水落石出。

有天下午，两人坐在门廊上，她开口问道："你家人是哪里的，莫茨先生？我想他们都不在人世了吧?"

她知道，自己尽可以随意猜测，反正他宁可无所事事也不会搭理她的。"我家人也都不在了，"她接着说，"弗勒德本人除外，他的家人倒还健在。"她是弗勒德夫人。"需要施舍的时候，他们都会来这儿找我的，"她说，"不过弗勒德那时候还是很有钱的，他是飞机失事死掉的。"

过了一阵，他说："我家人都没了。"

"弗勒德先生，"她说，"是飞机失事死掉的。"

渐渐的，她开始喜欢同他一起坐在门廊上，但始终也拿不准他是否知道她就坐在身边。即便他开口应答，她也无法弄清是否知道坐在身边的究竟是何人，或是否晓得那就是她本人，是弗勒德夫人，是他的女房东，而不是别的什么人。两人就那样坐在一起，他坐着一动不动，她则一边坐着，一边摇晃，半个下午过去了，相互之间还没有说上两句话，尽管她一直唠叨个没完。要是她不再说话，或不是一直想着心事，她便会不知不觉地探过身去，张开嘴巴盯着他看。倘若哪位碰巧从道旁走过，见此情景，准会以为她在接受一具僵尸的求爱呢。

她细心观察他的日常起居。他吃的不多，给他吃什么似乎并不在乎。倘若自己失明了，她准会整天坐在收音机旁，边吃蛋糕和冰激凌，边在热水里泡泡脚。可他吃什么都成，从来不计较。他越来越瘦，咳嗽日益加剧，走路也一瘸一拐的。入冬前几个月里，他感染上了病毒，但尽管如此，他还是每天都要外出散步半日。他起床很早，然后便在屋子里走动，每次她都能听到他在楼下反反复复走来走去的声音。他早饭前出去散步，早饭后还要出去，直到中午才回到屋里。他熟悉楼房周边的四五个街区，一般不会走到更远的地方。在她看来，他原本可以只去一个街区，原本可以待在屋里，在一个地方走来走去，这样的话，即使死了，对自己的生命或许会感到心满意足，当然，唯一的缺憾便是再不能这样走来走去了。她想，他还不如做个僧侣，或干脆住到修道院去。这一切她无法理解，她自己或许正受到某种影响，她真的不喜欢这样去想，她只喜欢白天明亮的光线，只喜欢看见身边的万事万物。

她真的无法确定，他内心深处都装了些什么，他外在的世界究竟又是些什么。她觉得自己的头脑就像是一只用来掌控一切的开关盒，而他的头脑，她只能将其想象为一个由外而内的存在，一个自在的黑暗世界，事实上，那个内在的头脑要远远大于外在的世界，甚至可以囊括整个天空和行星，囊括现在、过去和未来所有的一切。他如何知道时间到底是在前行还是后退？又如何知道自己是否在与时间同步而行？在她的想象里，这一切就仿佛在隧道里穿行，所能看到的不过是前方那极其微小的光点，那光点只存在于她的想象，离开想象，便再也无法思考下去了。她将那光点想象为某颗星星，就像是圣诞卡上的那颗星星。她仿佛看见，他正向伯利恒走去，于是她不禁放声大笑起来。

她想，要是他手头有事可做，说不定还是件好事，如此这般，他也能走出封闭的自我，重新建立与现实世界的联系。她确信他已经失去与现实世界的联系，有时甚至怀疑他是否真的知道她的存在。她建议他买把吉他学学弹奏，一边向他描绘出这样的景象：黄昏时分，两人坐在门廊上，听他轻轻弹拨起吉他琴弦。她买来两棵橡胶树摆在门廊上，这样他们就可以避开街市的喧闹，拥有更多的私人空间，她这样想：橡胶树后传出的吉他声该会驱散他满脸沉沉的死气吧。她劝来劝去，可劝来的依然是阵阵沉默。

付完租金和饭钱，他每个月的政府津贴还能剩下三分之一有余，但据她所见，他这人从来都不会花钱。他烟酒不沾，又是孤身一人，对他而言，这么多钱别无他用，只能扔掉。她心里想到，他要是身后留下个寡妇，那她准会受益颇丰的。她曾经看见他口袋里有钱掉在地上，而他根本就不屑于弯腰去捡。有一天，她替他打扫屋子，竟发现垃圾桶里丢了四块钱钞票和一些零钱，见他正好散步回来，她对他说："莫茨先生，给你，你垃圾桶里找到的，一块钞票，还有些零钱。你知道垃圾桶位置的，怎么还会搞错？"

"多余的，"他说，"用不着了。"

她跌坐在他的直背椅上。"每个月都扔掉吗？"过了一会儿她才问道。

"用不完就扔掉。"他说。

"那些穷困者，"她喃喃道，"那些穷困者，你难道没想过那些穷困者吗？你当然不需要钱，可别人需要呀。"

"尽管拿去好了。"他说。

"莫茨先生，"她冷冷地说，"我还没到让人救济的地步！"她这会儿才意识到，他真是疯掉了，应该让一个头脑好一些的人管住他才好。女房东刚过中年，脸虽然太大，腿还算够长，跟赛马似的，此外还有一只曾被某房客称作希腊式的鼻子，头发一束一束的，像一串串葡萄簇拥在眉毛、耳朵和后脑勺上，只是这些长相上的优点没有一项可用来引起他的注意。于是她明白，自己唯一能做的便是对他感兴趣的东西产生兴趣。一天下午，两人一起坐在门廊上，她说："莫茨先生，干吗不重新开始布道呢？看不见也不成问题的，大家没准都爱看盲人布道呢，那可是与众不同哩。"不等他回答，她便习以为常地继续说："你不妨弄条导盲犬来，这样的话，倒可能聚起一大群人呢，大家都会过来凑热闹的。"

　　"至于我吗，"她继续说，"我可没那个癖好。我想无论什么事儿，今天是对的，明天或许就错了，只要你能容忍别人及时行乐，那你自己就应该今朝有暇今朝乐，"她说，"莫茨先生，我不信耶稣，但我和那些信的人一样过得好。"

　　"你过得好多了，"他突然俯身道，"要是信了耶稣，你不会过得这么好的。"

他从未如此恭维过她！"咳，莫茨先生，"她说，"你是位出色的牧师，我真是这么想来着，你应该重新开始，这样也就有事做了，看看眼下，你就知道这么走来走去，干吗不重新开始呢？"

"我不能再布道了。"他嗫嚅道。

"为什么呢？"

"没时间。"说完便起身离开门廊，好像被提醒了有什么急事要做，那走路的样子，仿佛脚在忍着剧痛，却又不得不继续朝前走去。

过一段时间，她终于弄清了他腿瘸的原因。帮他打扫屋子时，她不经意碰翻了他的另一双鞋子，于是拿起来瞅了瞅，心想里面没准儿藏了什么东西，结果却看到鞋底铺满了砂砾、碎玻璃和小石块。她将那些东西一股脑倒出，用手指扒拉一番，一边找寻或许值几个钱的发亮物件，翻来翻去，却发现手上拿的不过是街头巷尾随处可见的垃圾。她拎着鞋子站了一会儿，最后还是将其放回到床下。过些日子，她又过来查看一番，竟发现鞋子里换上了新的石块。他如此这般，究竟为了何人？她不禁自言自语地问道。这样做又能够得到什么？时不时的，她常会隐约感到身边像是藏了什么，那东西近在咫尺，可就是无法到手。一天，他在她的厨房里用餐，她问他道："莫茨先生，为什么要踩着石头走路？"

"要还债。"他严肃地说。

"还什么债？"

"还什么债又有什么关系，"他说，"反正我就是要还债。"

"可这样还债，你想要证明什么？"她固执地问。

"不关你的事，"他粗鲁地说，"你不懂。"

女房东一边慢慢吃着东西，一边嘶哑地说："莫茨先生，你以为自己死后还会是个瞎子吗？"

"希望如此。"他过了一阵答道。

"为什么？"她盯着他问道。

又过了一会儿，他说："假如眼睛探不到底，就可以多装些东西。"

女房东又盯着他看了很久，可什么也没有看出。

她开始把所有心思全部集中在他身上，而将别的事情撇到了一边。他散步时，她悄悄跟在后面，假装不经意地与其相遇并陪在身边。他好像并不知道她在陪他，只是偶尔拍一下脸，好像她的声音就像嗡嗡的蚊子，让他烦不胜烦。他患有严重的哮喘性咳嗽，她便又唠叨起他的健康，常对他说道："莫茨先生，只有我才会照顾你，除了我，没有人会真正在乎你的利益。我不管你，没人会管你的。"她动手给他做好吃的饭菜，并亲自送到他的房间。他只是苦着一张脸，立即吃下她端来的饭菜，然后递回盘子，连声谢谢都没有，好像他的心思全在别处，她这么多事，只会增加他的烦恼。一天早上，他突然告诉她说，他要去别处搭伙了，他说出了那个地方，原来是拐角处一家外国人开的小饭馆。"你会后悔一辈子的！"她说，"你会得传染病的，浑人才去他那儿吃饭，里面又黑又脏，外表光鲜罢了，只有你才看不见，莫茨先生！"

"疯子，傻瓜！"等他走开，她嘟囔道，"等着瞧吧，冬天一到，等寒风把病毒刮进你的五脏六腑，到时候看你到哪儿去吃饭！"

她也不用久等，果真，冬天尚未到来，他便患上了流感，有一阵子身体太弱，都无法外出散步了，她终于心满意足地将饭菜送进了他的房间。那天早上，她来得比平时都早，发现他仍在呼呼大睡，那件睡觉时穿的旧衬衣在胸前敞开，胸口处露出了三股缠在胸前的带刺铁丝。她退到门口，手里的托盘掉在地上，一边声音嘶哑地叫道："莫茨先生，为什么要这样？也太不正常了!"

他急忙坐起身子。

"为什么身上要缠上铁丝？太不正常了!"她重复道。

过了片刻，他动手系起衬衣扣子，说道："这很正常。"

"我说就不正常。就像那些血淋淋的故事，或下油锅，或圣徒自残，或把猫砌到墙里，早就没人这么做了，"她说，"这么做毫无道理，早就没人这么做了。"

"只要我在做，就会有人继续做下去。"他说。

"早就没人这么做了，"她重复道，"你到底为什么要这样?"

"我不干净。"他答道。

她忘记了脚边那些碎盘子，站在原地死死地盯着他，过了一会儿才说道："我明白了，你衬衣和床上弄上血了，该找个女洗衣工来……"

"不是那种不干净。"他说。

"还不是一样的，莫茨先生。"她嘟囔道，一边低下头去，看到那些等她打扫的碎盘子和满地狼藉，于是朝大厅壁橱走去，拿来了簸箕和笤帚。"流血要比流汗容易多了，莫茨先生，"她极尽挖苦地说，"你肯定信耶稣的，不然也不会做这等傻事。你那个教会名字很好听嘛，你一定在对我扯谎。要说你是教皇派来的，或是卷进了什么稀奇古怪的事情，我反倒觉得不足为奇了。"

"我不和你计较。"他咳嗽着说，一边又躺到床上。

"除了我，谁也不会照顾你的。"她提醒他道。

按照原来的计划，她打算先嫁给他，然后再把他打发到州立精神病院，但渐渐的，她竟然一改初衷，真的想要嫁给他，并将他永远留在自己身边。她已习惯于就那样盯着他的面孔，她想要穿透隐藏在那张面孔后面的黑暗，亲眼目睹一下那黑暗的后面究竟藏了些什么。她感到自己拖延了太长时间，必须趁他身体虚弱，这会儿就将他摆平，或者干脆永远置身事外。这次患上流感，他真的太虚脱了，走起路来都跌跌撞撞的。冬天业已来临，冷风四起，抽打着这座楼房，寒风利刃一般，在空中不停地打旋。

一天，时近中午，她突然将脑袋探进他的房间，说道："这种天气，脑筋正常的谁都不会出门的。听见风声了吗，莫茨先生？好在你能待在这么温暖的地方，还有人照顾你。"比起以往，她声音显得温柔多了。"让人照顾得周周全全，不是每个盲人、每个病人都这么幸运哦。"说着她走进屋来，坐在房门旁边那把直背椅上，两腿叉开，身子前倾，双手紧贴膝盖。"听我说，莫茨先生，"她说，"你够幸运了，没几个人比得上你的，可我总不能老这么爬上爬下的，都把我累坏了，我一直在想，得找个别的法子。"

他本来一动不动地躺在床上，但却猛地坐了起来，好像一直都在听着，仿佛她说话的语气让他颇为惊慌。"我知道你不想放弃这间屋子。"她说道，然后停下来等着看他反应。他向她转过脸来，她明白已经引起他的注意。"我知道你喜欢住在这里，不想离开，你是个病人，身体需要别人照顾，况且还看不见东西。"她这样说着，心狂跳不止，都有些喘不过气来。他伸手探向床脚，摸到堆在那里的衣服，然后急匆匆地套在睡服外面。"我想来打点一下，既能让你有个家，也好有人照顾你，我呢，也就用不着爬这些楼梯了。今天穿这身儿干吗呀，莫茨先生？这种天气，还是不要出去了吧。"

"我一直这么想来着，"她一边看他忙活，一边继续说道，"我们结婚吧，我觉着只有这一个办法行得通。换了别的情况，我不会这么做的，可为了一个双目失明的病人，我就在所不惜了。莫茨先生，我们相互照应吧，别人是靠不住的，"她说，"没有人能靠得住，这世界本身就靠不住。"

那套买来时蓝得耀眼的西装已颜色发暗，那顶巴拿马草帽也变成了稻黄色，不戴的时候，帽子常和鞋子一起放在地板上。他伸手抓起帽子，戴在头上，然后穿上那双仍旧塞满石块的鞋子。

"莫茨先生，"她说，"无论是谁，都该有个家的。我愿意给你个家，和我住在一起吧，从此衣食无忧，再也不走了。"

他摸到鞋子旁边的那根拐杖，拄着手里，站起身来，慢慢朝她走来。"我心里有你的，莫茨先生。"话一出口，她感到心脏像晃动的鸟笼似的，也不知道他走过来是不是要将自己拥在怀里。他一脸木然，从她身边走过，然后走出门去，走进大厅。"莫茨先生！"她从椅子上猛地转过身来，"你要么接受我的条件，要么一走了之，我没法爬这些楼梯了，"她说，"我什么也不图，就想帮帮你。除了我，谁也不会照顾你的，除了我，没有人会在乎你是死是活！除了我这儿，哪儿都不会收留你的！"

他用拐杖试探着第一级台阶。

"你要再找个住处吗?"她提高声音道,"或许你要去别的城市吧!"

"我哪儿也不去,"他说,"不去别的住处,也不去别的城市。"

"什么都没有的,莫茨先生,"她说,"时光匆匆,不会倒流,除非你接受我的好意,不然就要流落在寒冷漆黑的街头,你以为自己能撑多久呢?"

每走下一级台阶,他都先要用拐杖试探一番,见他到了下面,她对他喊道:"莫茨先生,既然不把我这儿当回事,就不用回来了。这门不再会为你打开,你可以回来把东西拿走,然后要去哪儿就去哪儿吧。"她站在楼梯口,过了良久才喃喃道:"他会回来的,就让风给他醒醒神儿吧。"

那天晚上,外面下起了冻雨,雨势甚猛,半夜醒来,女房东弗勒德夫人躺在床上抽泣起来。她真想一步冲进凄风冷雨中去找他,想必他此时正蜷缩在某个角落,任凭风吹雨淋,她要找到他,然后带他回家,告诉他说:莫茨先生,莫茨先生,你可以永远留在这里,或者无论你想去哪里,我都会陪你前往,我和你一起前往。她经历过艰难的日子，这一生既没有痛苦，也没有欢乐，此时此刻，她觉得已然走到人生的最后一个阶段，也该给自己找个伴儿了。假如自己死后成了瞎子，由另一个瞎子为她引路，那该是最好不过了，除了深谙个中滋味的瞎子，还能有谁更适合去引领另一个瞎子呢？

天一放亮，她便冲进雨里，接连找遍他所熟悉的五六个街区，挨家挨户打听他的去处，可谁也不曾见到过他。于是她回到家里报案，向警方描述了他的情形，恳求对方找到后把他带到她这儿，说是他还欠了自己一笔房钱。她整整等了一天，等着他们用警车带他回来，或是他自己自觉自愿地回到这里，可他始终也不见踪影。雨仍在下，风还在刮，她想他这会儿或许已经淹死在某个巷子里了。她在屋子里踱来踱去，不觉越走越快，一面想着他那双深不见底的眼睛，想着那像目不见物的黑暗一样的死亡。

两天后，两个年轻警察乘警车巡逻时，在一处烂尾工地旁边的排水沟里找到了他。其中一个警察把警车开到近前，看了一阵问道："我们不是要找个瞎子吗？"

另一个警察掏出记事本，读道："双目失明，身着蓝色西服，未付房租。"

"就是他了。"开车的警察指着水沟说道。另一个凑近了，隔着车窗望了过去，说道："西服不是蓝的嘛。"

"是蓝的，"另一位警察道，"别靠我太近，快下去，我会让你看清是蓝色的。"他们钻出车子，绕了一圈，蹲在水沟边上。两人脚蹬崭新的高筒靴，身穿崭新的警察制服，满头黄发，络腮胡子，身材都很胖，当然其中一个比另一个更是胖了许多。

"或许以前是蓝的。"更胖的警察认同道。

"你看他死了吗？"其中一个问。

"问问他嘛。"另一个说。

"还没死，还在动哩。"

"大概晕过去了，"更胖的那位一边说，一边掏出了警棍。两人观察了片刻，见他一只手正沿着水沟边沿移动，好像在寻找什么可以抓在手里的东西。他声音嘶哑，低声询问自己身在何处，又问这会儿是白天还是黑夜。

"是白天，"稍瘦的那位抬头看了看天，说道，"我们要带你去付房租。"

"我要去我想去的地方。"瞎子说。

"那也得先把房租付了，"警察说，"分毫都不能少。"

见他清醒过来，另一个警察用那根崭新的警棍朝他头上猛击过去，说道："我们可不想让他添乱，抓住他的脚。"

他在警车上就已经死去，只是两个警察并未察觉，还是将其带到了女房东家。她让他们把他放在自己的床上，然后将两人推出门去，上了门锁，随手拉过一把直背椅子，挨着他的脸坐了下来，说道："你瞧，莫茨先生，我总算看到你回家来了！"

他脸上严肃而平静。"我知道你会回来的，"她说，"我一直等你来着，你不必付什么房租，可以免费住在这里，楼上楼下，你想住哪儿就住哪儿。不管你想怎么样，我都会好好服侍你的，或是你想去哪儿的话，我也会陪你一起去。"

她从未见过他如此沉静的神情，她抓起他的一只手，放到自己胸口，那手干巴巴的，没任何抵抗。头皮下面，他那颗颅骨轮廓清晰，烧焦的眼窝深深下陷，仿佛通向了那条将他吞没的黑暗隧道。她缓缓低下头去，慢慢靠近他的脸，朝那对眼窝深处直直地望了进去。她想要探个究竟，看看自己到底怎样让他给骗了，究竟是什么欺骗了她，可她什么也没有看到。她闭上眼睛，看到了那个细小的光点，可那光点太过遥远，她无法将其牢牢固定在脑海里，她感觉好像被挡在了某个入口处。她坐在那里，闭起眼睛想象着凝视他的双眸，感觉仿佛终于来到某个永远无法企及的起点。她望着他缓缓离去，渐行渐远，慢慢遁入黑暗之中，直至幻化成那个细小的光点。

Flannery O'Connor
Wise Blood
根据 The Library of America 1988 年版译出

图书在版编目（CIP）数据

慧血／（美）弗兰纳里·奥康纳
（Flannery O'Connor）著；刘全福译 . —上海：上海
译文出版社，2022.12
（奥康纳文集）
书名原文：Wise Blood
ISBN 978 - 7 - 5327 - 9067 - 8

Ⅰ.①慧⋯　Ⅱ.①弗⋯②刘⋯　Ⅲ.①长篇小说—美
国—现代　Ⅳ.①I712.45

中国版本图书馆 CIP 数据核字（2022）第 230731 号

慧血
[美] 弗兰纳里·奥康纳　著　刘全福　译
责任编辑/徐　珏　装帧设计/胡　枫　刘星湄

上海译文出版社有限公司出版、发行
网址：www. yiwen. com. cn
201101　上海市闵行区号景路 159 弄 B 座
杭州宏雅印刷有限公司印刷

开本 850×1168　1/32　印张 7.25　插页 6　字数 90,000
2022 年 12 月第 1 版　2022 年 12 月第 1 次印刷
印数：0,001—6,000 册

ISBN 978 - 7 - 5327 - 9067 - 8/I · 5637
定价：68. 00 元